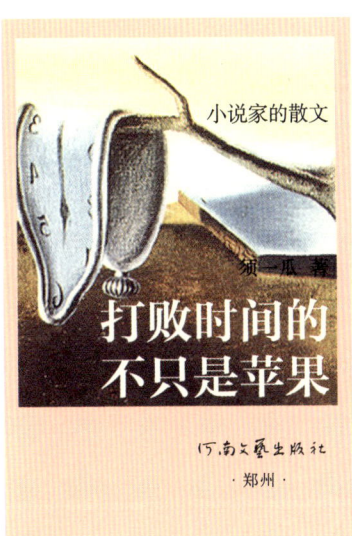

图书在版编目(CIP)数据

打败时间的不只是苹果/须一瓜著. —郑州:河南文艺出版社,2017.4

(小说家的散文)

ISBN 978-7-5559-0466-3

I.①打… II.①须… III.①散文集-中国-当代 IV.①I267

中国版本图书馆CIP数据核字(2017)第026812号

选题策划	杨 莉
责任编辑	杨 莉
书籍设计	刘婉君
责任校对	殷现堂
责任印制	陈少强
出版发行	河南文艺出版社
本社地址	郑州市鑫苑路18号11栋
邮政编码	450011
售书热线	0371-65379196
承印单位	河南新华印刷集团有限公司
经销单位	新华书店
开　　本	787毫米×1092毫米　1/32
印　　张	7.125
字　　数	133 000
版　　次	2017年4月第1版
印　　次	2017年4月第1次印刷
定　　价	29.00元

版权所有　盗版必究

图书如有印装错误，请寄回印厂调换。

印厂地址　郑州市经五路12路

邮政编码　450002　　电话 0371-65957864

作者简介

须一瓜，著有《淡绿色的月亮》《提拉米苏》《第五个喷嚏》《老闺蜜》等中短篇小说集，《太阳黑子》《白口罩》《别人》等长篇小说。曾获华语文学传媒大奖、人民文学奖、《小说选刊》奖、《小说月报》百花奖、郁达夫小说奖、柔石文学奖等。多部作品进入中国小说学会年度排行榜。

目录

1
我要把你带回来

6
那个乡下法官

11
打败时间的不只是苹果

16
顽劣女孩,在南方长大

21
一个老板的拜年方式

26
救援队第一女队长

32
四年工资是——零

38

她最美丽的生命，从癌症开始

44

天使不害羞

49

大小伙子的精微人生

55

口吃的人与众口皆碑

61

爱，比名比利更久长

67

离太阳最近的美女

72

一个5岁的资深志愿者

78

身高一米二的白马王子

84

"推车哥"真实的脸

90

八年睡在沙滩椅上

95

帅小伙子领舞一群老太太

101

滨北,有个神奇的引车保安

107

被老板"通缉"的女电梯工

113

守护在人生的弯曲地带

119

替补当一个月保洁员,让妈妈回乡过年

125

伊八哥和他的大海

130

功夫面女王

135

这个80后,颠覆了传统家政

140

他从非洲来

145

玉米人的几次哭泣

149
我们不得不控制爱的流露

154
一个"壮丁"的狗运传奇

160
一个女医生的动情之处

166
交警刘哥与孩子

172
春雨花行里的男人

178
从掌子面开掘的惊险人生

184
"双节棍"医生

190
痴迷头等大事　追求顶上人生

195
32岁的"超级毕业生"

200
和本真的自己相遇

206
一个饥饿小孩内心燃烧着的生命激情

216
后记

我要把你带回来

麻醉师,这个在刀锋上行走的职业,并不太为外人所知。也许有人隐约知道手术中麻醉师的重要,但是,麻醉师在手术中所面对的"多变风云",有时甚至是惊涛骇浪、千钧一发的历程,是病人及病人家属永远永远也不懂的"亲历"。

麻药的最高境界是"安全无痛"。最佳的麻醉深度,保证了手术安全基础。麻醉太浅,病人抽动、肌紧甚至呕吐;麻醉太深,病人一睡西去,或者醒来却站不起来了,瘫了。还有,比经验积累更棘手的对应:病人对麻药的个体差异,夹杂的其他疾病。所以,每一台手术,对一个称职的麻醉师来说,都是一场考验;每一个夜晚,麻醉师都在担心推出手术室的病人是否晚安,尤其对于手术中有麻醉不顺情况出现的病人;而每一个早晨,麻醉师奔向自己的手术病人的路上,就像等候宣判。如果见到自己的病人完好,麻醉师这才算被彻底释放。

有一天,做了几十年麻醉室主任,每次都能把病人平安带回清醒地的吉夫医生,遭遇了一个意外。一个高压 180mmHg 的病人经过控制,血压回到正常后,要进行一项手术。吉夫开始麻醉前奏诱导。镇静,肌松。他根据病人的身高及平时体现的心肺功能状态,给予正常剂量用药。然而,麻醉给药还没有 5 分钟,病人的血压骤降,竟然只剩下 80mmHg、40mmHg! 这样的血压,将马上导致呼吸停止、心脏停跳。"我们立刻供氧、打升压针,提高血压,纠正危象。整个过程十几分钟,确实惊心动魄。"吉夫说。

"我不理解,高血压病人手术你应该见过很多,为什么这个病人给你这么深的印象?"

"因为太快,太恐怖了! 还没有 5 分钟啊! 而高血压由高走低,再回升比较困难。因为弹性比较差。由高往低走,容易脑栓塞。而由低到高,容易发生脑溢血,脑血管就破裂了。所以,抢救时,我们只能小心地让它逐步上升,不能一下升太高,不然噌地到 200 多,又非常危险。"

"你当时是否感觉,已经拉不回他了?"

吉夫笑了笑:"是,有这个心理。"

"之后,这个病人知道他的医生们为他进行的惊心动魄的抢救吗?"

"不,不会。病人和家属永远也不会知道。"

"就这样永远地沉默而过?——是医生的职业道德吗?"

"也不是吧。没必要让病人紧张、多想。何况现在医疗环境也不好。"

"如果那个病人真的因此死亡,作为正常用药量,你们是不是没有责任?"

"不,有的。我们的教训是,这样的病人,心脏代偿能力差,用药量可以比正常剂量再低一点。不要听他说自己能爬山、蹬多层楼梯、性功能正常什么的。"

手术是一艘船,麻醉师就是舵手。作为舵手,不仅要善于应对瞬息而来的惊涛骇浪,更要防患于未然。界内人士都知道生死一线天的危情迫人。正是这样,麻醉师一定要监护到他的病人在手术后"初醒",他必须把他送出去的病人带回来。而仅仅"初醒"还不够,他的牵挂一定会延宕到术后次日看望过病人。南方的麻醉师,一天至少一床病人,甚至一天两三床同日手术。所以,从业46年的麻醉师吉夫,连睡觉时心基本都是悬着的。

这样的日子,日复一日,麻醉师需要特别镇定、坚韧的神经。但是,到最后,麻醉师往往是肝病、高血压缠身。职业病,为这个高危岗位做出了简单注释。

2009年退休的吉夫,现在也是高血压患者,他是先遭遇了胃癌袭击。那个几乎等于死刑宣判的报告来到时,他正在手术台边。

那是个胆囊大手术的女病人。他的病人。他的麻醉方案正在进行中。这个时候,他已经胃胀难受了一个多月,非常难受,什么都吃不下,人暴瘦了十几斤。他们的书记勒令他去检查。那天,手术麻醉平稳了,他让其他麻醉师盯着,自己去检查。切片活检,前后半小时。晴天霹雳,他得到了最坏的结果。但是,他把报告放进口袋,回到了手术室。

手术室的门被敲响了。医院的负责人冲了进来:你给我出来!马上出来!

知道检查结果的书记,火急火燎。吉夫觉得这样的领导很温暖,但是,当时他不理睬。"这是我的麻醉方案,我不能让别人插手。我必须做完。"

手术完毕,病人如期醒来。医生按照唤醒程序,叫她的名字,检查她的喉反射、眼睛反应、抬手反应。确认他把他的病人带回来了。这个时候,书记在手术室外焦急地等了半个多小时。麻醉师自己也面临大手术了,他没有到外地挑选麻醉师,而是选择了自己的同事。手术中,他也给了他同事一个惊骇,血压忽然掉到了70多 mmHg。"平时那么好,突然掉得一塌糊涂。"但是,他的同事经受了考验,他们没有辜负这个资深的优秀的麻醉师,他们把他安全地带了回来。就像他把他生命转折点的最后那个女病人安全带回来。而那个女病人永远也想不到,一个这样的医生,以超人意志,做她的守护天使。

"接到报告单,你真不害怕吗?"

"害怕的。心慌,"吉夫说,"那一下子,我呆掉了。可是,我的手术做一半了啊。我想,反正就这样了,我不能让麻醉再出问题。所以,我就强迫自己先不想它了。"

这个麻醉师胃部手术后一个多月就上班了。那是1992年。他一直工作到2009年。现在,这位被医院留用10年的医生,终于退休了。他依然健康地活着。

那个乡下法官

同南公路穿过汀溪村的时候,谁也没有发现,灾难也沿路进了村。

那条穿过村庄的路,从开通起,就接连不断地发生交通事故。对于原来只有羊肠小路、爱骑摩托的汀溪人来说,这条路似乎太宽敞了,而奔驰在同安—南安—泉州的车也未免太快了。车祸,车祸,车祸。伤亡率堪比战争。摩托和汽车之战,摩托和摩托对决,还有人车之间的碰撞。有时一起车祸,两家人尽数死伤,甚至三家受难,因为汀溪人有借摩托的习惯。

乡下法官东南风看着不断而来的卷宗,惊惧了:又是重伤!又是死亡!又是主要责任!最好的情况也是同等责任。是啊,车辆飞驰的大道,村民们依然是羊肠小道的"交通法",基本都是肆意横穿,骑摩托谁也不去培训,更不考虑买保险。

这种悲惨重复的案子,东南风办不下去了。他和他的几个乡下同事讨论认为,如果村民经过正规驾驶培训,懂得交通法规,具备驾驶技术,就可以有效减少车祸。退一步说,即使发生了事故,经过年检的摩托车都要参加强制保险,就可以由保险公司负责赔偿,因此,提高村民的交通安全意识,是减少事故发生的关键。

他找到村综治办、找到村委。问题一摆,大家齐心。东南风跑到村庄去贴海报、发倡议书。很快地,村民们都知道了摩托车培训通知,家家户户收到了交通安全的倡议书。血泪教训过的村庄是不一样,一下子就有1500多人报名来了。东南风马不停蹄,立刻去和培训队老板谈生意。

干不干?我给你932个学员。不干我找别人。

这当然是块肥肉。对方摩拳擦掌想要大干。

东南风杀价:收费减半。一人100元。

利润锐减,老板算来算去有点那个,但经不住对面讨价还价毫不利己的嘴,最终,还是同意干。

那好。不过我有附加条件。东南风得寸进尺:第一,你们出场地。第二,所有学员必须接送。我不能让他们来培训的时候,再出车祸。

培训队老板终于都接受了。一辆辆大巴,到处接学员笔试。汀溪村村民就这样和机动车时代的交通文明接了轨。他们祖祖辈辈的交通史,从这一刻起,知道了安全行驶的规矩,知道了礼让是爱护生命,知道了上牌,知道了买保险,知道了怎么避免和减轻灾害后果。

很快地,效果就出来了。同南公路刚通车那一年汀溪村路段就发生了几十起交通事故,村民们经过培训后的第二年就下降到十余起。

五显镇政府获悉这个情况,说很好,镇里也按照这个模式,开始了一批批对村民的交通安全培训。整个区域人的交通素质在整体提高。不过,毕竟不是神话,穿过村庄的同南路上,交通事故还是有的,阴差阳错的事故偶尔还是会冒出来。

乡下法官讨价还价的厉害,莲花一个小村村民也都领教过。多年后,一个村干部对东南风说,唉,你实在是太能说了!我家猪舍前本来也能搞条路。

猪的路,是现在明说了,当时,这个私愿,村里的人都藏在肚子里。

起源是一家路桥公司,因一个项目征用该小村的一小块地。但关于征地补偿,双方谈来谈去谈成僵局,村民小组将公司告上法庭。

放下案卷,东南风进了村。小村庄真是穷,烂叽叽的村路一塌糊涂。把村民聚拢到一起来,大家说意见。听得出来,村民索赔的款子是对方计划补偿的几倍。拿了钱干什么呢,村民们有的说要这样,有的说要那样。乡下法官说,这样吧,不要谈什么补偿了,让他们直接给我们村里修条路吧。村民一愣,都说好。可是,村里的领导们沉默着。东南风看出他们的小心思,说,是我自己这么说的,人家公司还不知干不干呢!村民的胃口吊起来了,心活泛起来。

乡下法官立刻找被告公司,嬉皮笑脸地开言:嘿,我要给你们立个碑啊!被告公司领导很纳闷,打官司都来不及,你忽悠我什么?东南风直截了当,说,村内道路实在太差了,你们帮他们修路吧。五万十万的,比他们要的省,而给他们钱,可能还是被挥霍掉。

被告动心,测算去了,但之后打来电话说不干:要十万啊!乡下法官说,不干啊?那好,我也不管了,我撤。被告急了,最后自己想通了,还是觉得这个方案"永续美好"。

可是,村里的小组长又说,搞一条路,肯定要工程收尾的费用嘛,还要修水沟什么的。还是要再给点钱。东南风表示再去跟对方说,但"最多补你一万!这一万要村民监督使用,不许浪费了"。东南风又到被告那边游说,终于把双方都弄舒坦了。和睦开工。

可是,水泥一倒,一些村民出来哄抢,要搞自己家的小建设。施工单位哭丧着脸急找东南风。乡下法官赶紧驱车十几公里,奔到了现场,和颜悦色说,我们村庄是很有名的,外面人都说这里的人非常纯朴,等这个路修好了,以后就经常有人进来看我们村了。乡下法官三寸不烂之舌,把村民哄得难为情起来。大家嘟囔着,大意是想给家里的猪舍也连一条路。东南风说,这事情努力到现在很不容易啊,我们先把人走的路搞好。猪舍啦,厕所啦,还是以后自食其力各自努力吧。其实,我家的路,还没有你们的好。

村民还是通情达理的。施工从此顺利进行。现在,小村那里,连接家家户户的,是一条漂亮的水泥路。多年后,因一个案子与乡下法官再度相逢的村干部说,他家的猪圈离村干道只有五六米远,当时,他多么想顺便给自己家的猪捞条路啊,可是,他说:"你说得我们没有办法了。"

打败时间的不只是苹果

按约定,我们到舞厅红池找她。她说她戴着眼镜,和另一个戴眼镜的女人跳舞。进入幽暗迷离的舞厅,一个苗条的身影在旋转,轻盈,曼妙。我们想就是她了。传说中的不老美女。随后,她和她的戴眼镜舞伴走出舞池。看着她走近,我们是吃惊的。这个传说中的不老美女"东方红",果然名不虚传。我们一起到楼下咖啡厅,光线明亮。她的脸上只有很淡的口红,丰盈的短直发下,是一张面颊柔和、五官清晰、线条漂亮的脸。这张几乎素面朝天的脸,毫不张扬却紧致地显示,她至少打败了 20 年时间。这个 60 多岁的前辈,怎么看都只是三四十岁的美丽女人。

我们随意聊着。那张天然的脸,自在而生动,没有任何化妆女人的表情负累。她从不进美容院,在家也从来不做面膜之类的脸部护理,甚至连护肤品都很随意,过去她用的是片仔癀,现在她常捡女儿更换牌子弃用的东西。

几十年的岁月风烟,在她身上刻下许多痕迹:修铁路,砸断了三个脚指头;割稻子,劈田埂,手腕两处受伤缝针;烧过木炭,烟熏火燎;怀孕7个月,发现先天性心脏病,必须终止妊娠,但她选择了孩子,而因为心脏,她是在无麻醉状态下做了剖宫产,手术后的一个月,她都无法走路,手脚颤抖不已;做国际进出口贸易时,要为一特殊客户提供特殊辣椒,每年都到西南乡村,围守最后的收成,每次都熏得她喉咙撕裂……岁月推移,创伤累加。时间在告诉她生命的脆弱,但是,与众不同的是,这个女人用坚强、美丽和健康,回应了时间。

有一天,她在深圳一个大型美容机构等一个客户朋友。以优雅、高品位而闻名遐迩的掌门人邵老师邂逅了她。两个卓越的资深美女是这样对话的:

来做护理吗?

不,我来等人。

那就顺便护理一下啊。

谢谢,我不需要。我从来不喜欢。

掌门人欣赏这个与众不同的女人,她也被掌门人的知性、典雅吸引,两人相谈愉快。邵老师最后说,我想聘请你。来我这儿帮我吧,并不需要你做什么,只要你在这儿帮我招呼客人。邵老师以高薪力邀。她坚决谢绝了。不仅因为她自己的出口贸易事业顺利,更因为她打心眼里就不认同任何美容院的美容。

由于进出口贸易,她认识了一个日本的食品博士。这个博士把"一个苹果"带进她的生命。当时她因为产后,两颊长了成片的蝴蝶斑。博士让她每天早上空腹吃一个苹果。就这么简单。只要你坚持,你身上的毒素就会日渐排除,脸上的斑也就自然消退。多年的合作,她有理由信任博士严谨的专业精神。她真的这么做了:每天一个苹果,出差都带着。不懂的人要吃她的苹果,她会拒绝,说,不,这是我的药。20多年过去了,蝴蝶斑不仅消退了,更可贵的是,她拥有了一副清新健康的体格,以至医院里从事血液检查的医生都不相信,这种血来自一个高龄女人。同样的,一名气功师不知凭借什么,告诉她,她的体质异于常人地清洁。气功师表达了和医院检测相同的感受。

医疗界人士认为她的特质,纯属遗传。认为这一切都是基因注定。

她不在意任何评说,更不花时间研究、折腾自己的容颜,她在乎生活的健康品质、不攀比的豁达心态的修炼。当事业收山后,她更加在意每一天日子的安逸自在。多年来,每周一、周四,她必定出现在华侨酒店舞池;每天看书一两个小时,最近对南怀瑾、庄子感兴趣;除了跳舞,她不太爱运动。每天早上7点多起来,晚上12点睡下,有时还大吃让普通美女认为"大逆不道"的红烧肉。她几乎不吃药,丰盈的头发里,只有几根银发。她的朋友很多,偶然会外出和朋友们玩两把麻将,但她还是喜欢一个人猫着读书,看看股票,烧点地瓜稀饭,基本保持着悠然自得的单身生活。

这个打败时间的健康女人,成为朋友们口口相传的、自豪的美丽传说。

有一天,一桌事业有成的新朋旧友相聚,一位特别操劳、相貌偏老的新朋友,倚老卖老地向她邀酒共饮。因为他动辄以老大哥的口吻下命令劝酒。她说,行啊,谁大听谁的。那位五旬又老气的先生不知中计,响应她的话,决意和她杠上了。桌上知根知底的老友推波助澜,新朋友也愿意看他们一决大小。那位先生也许感到有陷阱,但他反复打量对手,很自信地拍出身份证。她一笑,说,好,今天我们谁小谁买单,包括之后的夜总会开销。如果我比你大,你再给我磕三个响头,叫声大姐!

东方红也拍出了自己的身份证。在座的人沸腾了,有起哄的、惊奇的、感叹的。最被震撼的是那位邀酒叫板的先生,他以为比他小一两代的女子,竟然早他一个年代出生!(1948 PK 1954)

时间成了她手中的魔方。那位先生只好告饶:姐姐!今天的单我全包了!磕头呢,等我和姐姐单独的时候,再用力磕吧。不老的女人一笑而过。

这样的事情不时会发生,她说,都是朋友们爱逗着热闹的。

我说,如果有一天,你老了病了,不再漂亮,你会拒绝这个现实吗?

东方红摇头,说,没有什么可怕的。我本来也不漂亮。人生苦短,老了就老了,皱了就皱了。造化造化,自造自化。人最重要的是,你要认识你自己,你要活出你自己的精神。

顽劣女孩，在南方长大

这女孩大笔一挥，挑衅性地签了"脱离父母关系书"，然后，直奔南方。

她有个军旅出身、知识渊博、强悍暴烈的父亲。从小就是"孩子王"的女孩，一出生就遭遇了"王中王"的父亲。所以，"孩子王"的童年、少年期，基本就是对"王中王"的叛逆史。"孩子王"因为顽劣、倔强、忤逆，几乎每个月都会挨父亲的揍。那条军人皮带，一抽一道红肿的粗痕暴起。那时，她最炽烈的人生理想，就是远走高飞。

父亲望女成凤，要聪明的女儿读了高中去高考，她偏偏放弃高考，去考中专，并以全地区前十名的高分，战胜了数百名的竞争者，有力地挫败了父亲的大学设计；她和父亲不屑一顾的男孩恋爱，还执拗地谈婚论嫁。"王中王"大怒之下，让妻子草拟"脱离父母关系书"，以为能吓住她。不料，"孩子王"眼睛都不眨，挥笔签字走人。

这个叫金橘子的女孩,已经在南方十多年了。十多年间一步一个脚印地打拼,她一点一点认识了父亲的正确性,而生活本身,也把一个顽劣倔强的女孩,锤炼成智慧豁达的追梦人。现在,她拥有一个小小的美容美体店,那里出入着许多知识女性、优雅达人和富家女士。不起眼的小店外,总停放着与其不相称的铮铮好车。

一天,小店熟客带着一名陌生的女子进来。女子衣着华贵、目中无人,服务生捧给她的水,她连接都不接。她谁也不搭理,倨傲地扫了小店一圈,抛下一句话:这种地方,不要再叫我来了!臭死啦!宝马车门一关,女人绝尘而去。全店宾主都很难堪,但金橘子已经不是10年前顽劣倔强的简单女孩,面对如此嚣张的不屑和侮辱,她只是一笑而过。

没过多久,那名女子又来了,说了一句,都说你好,我再试试吧。金橘子还是一笑。女人也不再多说,做了,走了,第三次又来了。每一次做了就走。不多说一句。第六次之后,终于,她开口了:我的皮肤从来没有像这一段这么光洁过,黑眼圈也开始淡了。女人接着说,看到你,真是!一个美容师,不化妆,长得还这么丑,怎么可能让我们变得漂亮?我原来根本不相信你。

金橘子还是笑。她的确不化妆,自己也检讨长得丑。但是,她对自己的能力充满自信。她知道,如此尖刻傲气的女人能这样说话,自然就是贴心了。果然,这个大家喊作郑姐的女人不走了。而她俩最后成为好朋友,缘起一枚价值8万元的钻戒。当郑姐自己也不清楚在哪里丢失时,接到金橘子辗转打来的询问电话。郑姐惊叹而感动:那里客人那么杂,美容师真要昧了它,我也无话可说,何况我本来就不知道在哪里丢了。

出色的人品、出色的技术,金橘子就这样征服了一个个南方女人的心。

其实,走到今天,金橘子付出了一般美容美体师难以想象的努力。1999年,她辞去南方一台企职务,赴上海学艺。美容美体专业学习。她用比同学者少一半的时间,完成了学习。又因为技术扎实、脑子灵活、沟通能力出众,她战胜了其他更漂亮的学员,被品牌连锁店老板留下。干到第二年,她就被委派到一个新店任店长。但是,在上海的起步期,她经历了她工作中最难堪的一页。她直接被客人赶下台来。

自认为技术不错的她,从一名资深美容师手里接过一个客人。没想到刚操作不久,客人就发火了:你摸来摸去地干什么!难受死啦! 换人! 上海女人非常挑剔、厉害。金橘子被她呵斥得无地自容,只能勉强微笑,说,对不起,耽误您了! 我马上去叫××。

金橘子说,别人也许看不到,我的笑比哭还难看,因为我感到自己脸上的笑肌一直在跳。实在太羞辱人了！我当时就暗暗把她的名字记住了，我想我一定要让她下次点我！从此，我拼命拍美容师的马屁。书本和实际是有差别的，要学以致用，必须大量操作，在直接经验中体会。比如力度，完全是因人而异的东西。还有穴位的精准。

学校老师评价金橘子有干这一行的天赋，可是也告诉她，她的大拇指先天条件弱，太直，这样按摩不得劲。她天生的倔劲上来了。为了练好大拇指，她买来一盒又一盒图钉，找来木板，一有空就把一个个图钉按进木板里，按满了，起出来，再按。每天按，按得大拇指肚凹陷，难以复原。最后按得她拿不了筷子，只能用虎口平夹着调羹吃饭。

美容美体师是可以滥竽充数的，穴位不准，胡按乱说，一般的客人也无从确认。但是，真正优秀的美容美体技师，给客人带来的经络的舒适和改变，客人的身体是有鉴赏力的。金橘子一边苦练指头劲道，一边大量学习人体经络知识。没有多久，师父同意她去给那位把她呵斥下台的客人做个面膜期的头手按摩。这是整套护理中的一个辅助性按摩，但面膜下的客人大为诧异，忍不住说，太舒服了！你是谁？签单时，客人再次跟负责人赞扬了她。不久，客人决定把自己全套项目交给她试试。

她回忆说，面对一个被你伤害过的客人，要重新赢得她，比赢得一个生客难多了。我说，姐姐，今天你就给我考试吧。如果做得好,你就画卡;做不好,我来买单。操作中,我的心在怦怦跳,手在不由自主地颤抖。这是从未有过的,因为我太想证明自己了。这不仅仅在于是否赢回她,更决定了我能不能干这一行。我一面偷偷深呼吸,一面微笑地跟她说话,没有人知道我心里多么多么紧张。我终于实现了被羞辱时暗下的誓言。

两年后,金橘子回到南方,开始自己开店的奋斗史。2007年,她的事业走向巅峰。最震撼的瘦身个案是,她把一名90多公斤的姑娘按摩减肥到60多公斤。而美体客人瘦身十几公斤比较常见。她说,这里面没有秘密,一是经络穴位准确,二是诚实地下力气。我每天按得汗湿全身,湿透。有时一天下来要换四五套衣服。我是说,病理性的肥胖除外,一般肥胖,只要技师诚实付出,穴位准,舍得力气,客人注意健康饮食,就一定见效。

当年顽劣淘气的女孩,现在很满意自己的小店人生。她说,你每天和能力强的客人在一起,会感到自己每一天都在学习,都在提升。现在,我感到特别幸福。你看,我从事着我最喜爱的工作,我不断得到别人的肯定;我和父母生活在一起,关系很好(哈,我爸不承认他那么狠地揍过我);而且,我又有了一段美好爱情,新的婚姻在等着我。

一个老板的拜年方式

一个人,能把拜年,拜到对方震动在心,使他一家人都感到温暖幸福,甚至整个村庄都为之兴奋,这个新年的问候,实在是充满了光和热。

28岁的小章,家在龙岩武平桃溪镇小兰村。大年三十的中午,忙完收货款回老家过年的小章一进村,村民就纷纷对他喊起来了:喔喂——你南方老板来你们家拜年啦!

还没跨进家门,小章就看到父母异常幸福的笑脸,不仅仅是除夕亲人团聚的开心,它比往年的团圆满足,更加欣慰和自豪。两天前,儿子的老板带着1200元钱,带着海鲜干货,跋山涉水,驱车到龙岩他们老家拜年。村里的人都惊羡了。汽车到达乡村时,已经是晚上8点多。小章的弟弟接到电话,去村口带路。

这辆长途跋涉的汽车,从南方出发,带着公司对员工父母的新年祝福,在闽西北几千公里地穿行。到小章家之前的傍晚,它还在长汀乡下的一个公司员工家,再之前,在另一个乡村的员工父母家。同样的1200元,同样的海鲜干货。这都是他们在南方打工的孩子的一片孝心,是孩子公司对其父母家人的一片情意。这个南方老板亲征的长途拜年,已经不止一年了。老板的车,每一年的春节,都颠簸在闽西闽北山乡,哪怕最偏僻的村庄。小章是2009年进公司的新人,就在公司老板到达他家给他父母拜年时,他还在南方为一笔货款奔忙。他听说了公司的惯例,但内心还是被震撼了。

这个人,就是南方五缘湾一家建材公司的老板村石三。

从2007年开始,每一年的春节,他和伙伴都驱车奔赴在福建山乡、去员工老家的拜年途中。他有50多名员工,99%在福建农村。2007年以来的春节,村石三都是这样过的:大年二十五六起,驱车往闽西北的员工老家赶;大年三十和初一,铁定属于他自己的小家和父母;大年初二起,他和伙伴又奔赴在闽南闽西的员工老家的拜年途中。新员工必定拜访,去过的可以隔年再说,每一年奔驰约6000公里。有一年,他跑了十几户农家。乡间最狭窄的土路,只有8米宽,碰到摩托车,汽车就得靠边让行。去年大年初二拜年,他和助手开到上杭,到处找不到吃饭打尖的地方。他们忘了春节店家都关门了。结果,到处打电话,找出一个同学,到他家蹭了饭,继续赶路。

2006年起,公司员工就被告知,公司会在他们的薪酬里,每月攒下100元,作为孝顺父母的"爱心基金"。年终,公司将再加上红包或者新年礼物,一并送往员工的父母手中。员工感到高兴,也感到新奇。

大概从来没有一家公司会有这样的做法。这是为什么呢?

村石三说,我自己是几百元开始的打工仔出身,吃过很多苦。我知道,一个打工者,无论承担家庭责任还是社会责任,最根本的是以孝为先,懂得感恩。我的公司不大,绝大部分都是农村来的孩子,我有责任让他们好好成长。这几年跑下来,我自己的收获也很大。我看到了真实的农村,很多员工的家庭非常清苦,就是盖了房子,也大都是毛坯房,甚至家徒四壁,粉刷一下就算结婚装修了。看了这些,真是感同身受。我告诉我的员工,他们肩上的责任。其次,我让他们的父母家人也看看我们,让他们了解,自己的孩子在南方的生活、工作,也了解他是跟什么样的人在奋斗。其实,那些农村父母非常纯朴,他们不太会说话,总是抓着我的手不放,要么就一直让酒。看着他们,我更感到自己肩膀上的重任,我应该让那些孩子发展得更好。

小章的父亲对儿子说,从来没有什么公司老板到过我们村,儿子,我们放心了,你就跟着这个老板好好干吧!

小章说,我是2002年离开家外出打工的,去过好几个公司,从来没有这样被触动过,村总待我们就像真正的大哥,他教会我们的不只是工作,还有生活。看了我的家,他对我说,你要努力,好好改善家庭生活状况。当时我一来,就被告知公司有代攒"爱心基金"。我当时就觉得很好,我知道,如果不是这样,我平时乱花,春节肯定没有办法给父母这么多钱。从村总到我家拜年之后,我现在每次回家,都给母亲留下一点钱。今后,我会更加努力。

小章也有了自己的车。在公司,很多员工都有自己的车。村石三认为他们这些销售型的公司员工需要自己的车,但是,年轻人没有钱怎么办?公司垫。五五开,或者四六。公司垫大头。这样的车,公司至少有十辆。年轻人开着爱车纵横捭阖、南征北战去了。买车还款的时间和金额也是轻松自愿的,这个月你奖金高你就还款,你可以决定还款多少,五千,还是两千,总之,以不影响你的正常生活、工作为准。

会不会哪一天,车和它的主人就消失无踪了呢?

村石三说,我知道这个风险存在,车子产权是登记在员工的名下。有一天他真的走了,说实话,我未必有精力为这几万元去打官司,但是,我信任他们。风险并不影响我对他们的信任。我本来就希望他们在我这里,快乐工作,快乐生活。

公司还有一个理想:进来的不一定是人才,出去的必须是人才。他们努力培养学习型的员工。主管不断被送至厦门大学等高校学习深造;普通员工,公司不断请咨询公司进行培训。公司一年的培训费有20多万。员工还可以自己写申请,要求学习感兴趣的知识。交际口才、谈判技巧、投资理财,甚至烹饪美容,都可以学。

销售型的公司,员工的业务提成传统是1%,去年9月开始,村石三的公司大胆实行三七开,即厂家产品过来,原价给员工。员工销售所得,员工得七成(营销费用自理),公司获三成。这也是一个前所未有的"赌博"。如果优秀员工多,业绩佳,公司就跟着赚;如果业绩不佳的员工多,公司垫付的营销费用就很庞大,最终可能所赚不抵支出。

为什么出此奇招?村石三说,基于三点考虑:一是行业竞争加剧,激励员工更深投入;二是员工责任更大了,但他们只有深入了解经营,才能更快成长;第三,公司应该懂得回报自己的员工。创业是为了大家幸福。一个老板,财聚人散不是好结果。

我们问,你有这么多强化公司凝聚力的做法,是不是就没有员工跳槽离去?

有的。村石三说,公司走过两个不错的员工。一个是2006年走的,他自己开公司去了。这个月15日,又走了一个,到苏州亲戚家的公司去了。他们有了更好的发展,我支持他们,这不会影响我们的关系。我能自信地告诉你们,来我这里,只要超过6个月,就一定不会轻易离开我们公司。

我们问小章,将来有没有可能再跳槽?

小章说,我想,我不会离开这个公司了。

救援队第一女队长

采访之前,就听到了女队长"征服"队员们的传说。据说,救援队那么多威猛的大男人,都乖乖听她调度。见到她时,这个网名为"水草"的女人,苗条纤瘦,长发掩映下一双大眼睛,面孔白净,略带忧郁,气质和她的网名倒有些相近。这样一茎"水草",在一个显然是男性驰骋的紧急救援领域,是怎么成为老大的?

采访中,她始终语调轻柔,但间或,能在她和队员的通话片段,感受一种铁腕意志。她的语气坚定、果断、直截了当。这次奔赴玉树震区,她连替换的衣服都没来得及带,更别提女人出门要用的洗洗抹抹的用品了,什么都没有,像男人一样粗糙,像男人一样强悍,甚至比男人更有力量。第一梯队的救援男队员,有体能教练,有潜水达人,但是,高原反应,让他们几乎垮了,但水草依旧。组织救灾物资、深入灾区、分送救急物品、调度人马、协助新闻媒体……无论体能,还是大脑反应,她都照样迅捷有力。一名男队员叹服:在你身上,我看到了坚持和耐力。

这个曾是评茶师的女人,会古筝,迷小楷书法,有时在佛堂独处一整天,静若处子、动若脱兔,以其冰火两重天的个人魅力,成就了一个中国独一无二的女救援队长,她的旗下,凝聚着一批以帮危扶急为己任,不惜以生命为代价的勇士侠客。

2009年11月14日,水草梦见自己躺着,床头却坐着一个陌生的矮胖女子。女子十分着急地跟她说着什么,但她怎么也不能明白,她觉得那个女人是在请求什么。醒来后,她把奇怪的梦境和丈夫、朋友说了。几天后,南方蓝天救援队接到北京蓝天救援队急电:福建光泽诸母山,一女驴友探险失踪,从14日至今,四天五夜,生死未明。请求救援!

18日晚上6点多接到电话,南方蓝天救援队的QQ群、飞信、秘书组、保障组全部启动。晚上8点,水草等5名队员已奔驰在途中。五六百公里,连夜疾驰。途中,北京蓝天救援队把诸母山的等高线等资料发到他们携带的笔记本电脑中。

这个时候,南方队员还无法想象诸母山的恐怖凶险。诸母意为众山之母,这个传说中山魈活跃的原始深山,海拔4000多米,山形犀利陡峭、林荫蔽日、溪水咆哮。19日清晨,南方救援队到达出事山脚,与失踪者家属和消防、警察会合,之后,20多人往山里进发。

山路崎岖,几乎无路。而且越走越阴森昏暗。闽北山区,比南方寒冷多了,山顶还有雪,随着登高,气温也骤降。满眼山瘴雾气,乱石林立,隔几十米,队员彼此喊话都听不见。水草忽然想起梦中的女子,而失踪者家属证实,失踪者确实矮而微胖。水草的心,猛地纠结紧缩了:就是她在梦中呼救吗?

救援队对每条溪、每个崖、每个奇形怪状的洞都细心搜查。艰难搜寻的8小时中,他们八次蹚过寒冷刺骨的溪流,最深的地方淹及大腿。有队员还滑进溪水中,全身湿透。忽然,水草被一根老藤绊住,一跤摔出,三颗门牙全部摔断,痛楚钻心。哪个女人不爱美?三颗牙斜断,容颜破损。但是,水草怕队员担心,咬着白药不张扬。

下午3点多,失踪者终于被队员发现:她趴在溪水边!口鼻浸在水中。这个已经为当地搜救者找了四天五夜未果的女子,终于等来了南方救援队员!

通宵飞驰,又马不停蹄跋山涉水的南方蓝天救援队队员,激动万分。他们的一腔热血终于没有白费,一眼看到失踪者,几名队员不由热泪盈眶。翻过来失踪者的身子,水草几乎叫喊出声:这不就是梦中的女子吗?!女子浑身冰凉,瞳孔放大,耳朵里都是沙土。队员们迅速心肺复苏,架起篝火。水草把那女子冰寒的手贴在自己胸口,想温暖她。她感到不安和内疚:对不起,我们来晚了!队员们一直呼唤她的名字。但是,那具冰凉的身子似乎在告诉他们:我回不来了。救援队队员是没有权力宣布死亡的,他们也不愿接受这个事实,他们拼命努力着,坚持着等待医护人员。

水草说,半夜12点多,在给医生打手电筒的时候,我的手电筒的光打到了对面的一块石头上。那一瞬间,真是毛骨悚然。我看到了极其诡异的一张脸。就在石头上。我没有吭气,怕影响大家。第二天天亮,几个队员都叫喊起来,原来,深夜里,他们都看见那石头了,但都因为极度恐怖选择了沉默。白天看就是怪石而已。水草说,我走过很多山,从来没有遇见过那么怕人的山。那个深夜,一阵阵诡异的动静在莫名起落,一边是死去的女子,一边是紧紧团在一起烤火的我们。而脚下,都是石棱,尖尖的,连一块平整可坐的地方都没有。大家说,前面被烤得发烫,后背是透心寒冷,而我们无法翻转过去,稍微不慎,就栽进石壑或湍急的溪中。就这么险恶。那一夜,我都在想,这个女士很了不起,这里,说实话,吓都可以把人吓死。

和神奇不解的梦境无关,水草在内心深处,总是觉得有股力量一直驱使她行动。有梦无梦,只要有人呼救,她就心急如焚、热血沛然。

今年3月,她在北京接受救援培训。三八妇女节那天下课,同学们说,找个地方吃一顿,庆祝你的节日。找到地方,大伙儿正在吃饭,一个急电到了:北京小五台山,6人被困暴雪中!救援队队员迅速行动。他们购置防滑链,准备救援工具。越野吉普9小时疾驰。小五台山是零下二十几摄氏度的鹅毛大雪天。水草依然一身南方冬衣,只是外套加了件冲锋衣。那一天,她至少在小五台山的雪地上奔忙了五小时,头发全部结成冰凌,两条单裤挡不住刺入骨髓的严寒。救援时,她曾经一跤摔进近腰深的雪中,直接就被雪埋藏了。

那一天的救助有曲折。求救的是2辆车、6个人。被暴雪困住时,他们分别向110求助,但不知什么原因,警方没有出动。个别求救者可能因此极度紧张绝望,有点反应异常。当蓝天救援队队员将一辆被困货车刚刚绑好防滑链,那名司机,竟然驾驶车辆一溜烟跑了,把包括自己小舅子在内的另外4个同车人,全部抛弃。水草他们一边紧急联系在途的第二梯队救援队队员,一边追那辆失控的车。因为救援队的吉普车,坐不下那么多人。这么多人在零下二十几摄氏度的雪地,必死无疑。那名逃跑司机,因为防滑链断了而被追上。被追上时似乎还有点发蒙,根本不明白自己干了什么。

蓝天紧急救援联盟,在全国有不少队。南方蓝天有100多个队员。这些内心充满热血和爱的民间人士,倒贴时间、钱财、精力,不惜鲜血和生命,不求任何回报地帮助危急者。仅仅今年赴玉树,水草个人费用支出就有1万多元,所有队员都在5000元以上。紧急出征,队员们根本没有想到争取打折机票。救援队每月还有救援培训开支。几天前,香港医疗队辅助队在北京培训灾害应急处理。水草去了。这样的培训,他们都很珍惜,救援能力就是生命。而这次,水草进京,还带着8000元。这是朋友要她带给玉树当地的蓝天救援队的。现在,玉树蓝天救援队队员每天支起一口大锅煮饭菜,有100多个孩子,每天中午到那里排队等饭吃。这些孩子的饭,全部是全国各地的蓝天队员支持的。

水草笑着,说,你不知道,看着小孩子排队吃饭的样子,我心里有多么开心。

一个人,为什么有这样的选择,这样的付出?所有的人都在问这个女队长。水草说,有人需要,我就担心。我不去,心里就有疙瘩。

四年工资是——零

萧冰是个谜。4年工资是零,是他自己的选择。

2009年1月,他放弃了月薪5000多元的职业,全身心投入动物保护公益事业。这个外形俊朗、整洁的人,在居家小动物界,几乎是个传说。一个律师的妻子,听说丈夫有个朋友认识萧冰,兴奋惊叫:萧冰?就是那个保护小动物的萧冰?!

这个当过老师、搞过计算机和音像出版的人,他们家的条件并不十分宽裕,但是他的选择得到了家人的支持。一家人省吃俭用,生活非常简单,更别提买车。他的运动鞋鞋帮脱落几次,他用万能胶粘了,继续穿;一件背心,破了几个洞,还是穿了十多年。一家人把钱都贴给了流浪小动物。

可是,做出这样一个选择并坚定履行的人,过去并不喜欢猫狗,小时候还打过狗扔过猫,对于猫、狗等小动物,他说他以前并没有特殊的感情。2000年,一个偶然的机会他买了一只小狗。这只似乎肩负使命的小狗,把萧冰引向了一个异样人生。它也是萧冰唯一购买的宠物。之后,萧冰的家里,只有受难、残疾的流浪猫、流浪狗。小狗其实很普通。但是,就这样一只小狗的普通天性,让萧冰在全新的生命意识中苏醒。

10年过去了,这个人成为中国小动物保护体系最有力量的骨干之一,他拯救和保护了无数的受虐小动物。2007年,他获得了中国动物保护与福利年度贡献奖。前不久,他和他的伙伴在教育部门的大力支持下,编撰的中、小学生动物保护教材,正式进入南方中小学。这套教材,在整个中国,史无前例。

在南方小动物心里,估计萧冰的名字相当于"110"。它们的呼救不是靠电话,靠的是南方人的爱心传递。2009年的一天,有人向他报急,说,附近有个餐馆,专门宰杀贩卖满月狗。萧冰和动物保护协会的人立刻去了。果然,餐馆招牌上挂着"秘制满月狗肉",里面还有很多用狗肉做的菜的价格。萧冰一行找到店老板,询问他们是否有牲畜屠宰许可证。对方连营业执照都没有。这是违法的!萧冰和他们恳谈人与狗的密切关系,大家聊南方城市的文明状态。一直讲到老板不好意思,当场请他们帮他摘下"秘制满月狗肉"招牌。但没想到,隔天老板不知被什么人撺掇,忽然带着4个打手一样的人,满腔怒气地找到报社,要找萧冰算账。

一见面,老板所带的人拿着相机狂拍萧冰,另外两名如刑满释放人员,阴沉地站着一言不发。老板气焰嚣张地猛拍桌子,质问他有什么权力管他卖狗肉。因为对方打手过于阴沉不善,老板态度又几乎失控,在场的萧冰的朋友很为他担心,想拉他避避风头。有人怀疑对方肯定要报复,比如暗中进行人身伤害。萧冰毫不退缩,坚信人心总是柔软的,继续讲道理,竟然最终把两个阴沉的打手都说得讪讪的,也许他们也养过狗。几个来势汹汹找上门来的人,在萧冰和他的朋友面前,没多久就能量不足了。最后,他们自己找台阶下,要求萧冰赔偿他们的进货损失。萧冰当场一口拒绝。

南方湖里工商和食品卫生监督等管理部门很快介入,没几天,那家餐馆关门走人了。

采访时,我们问他,你这样是不是有危险?比如肢体冲突,比如报复?

萧冰笑,我有思想准备,我不怕。

这个看上去健壮强硬的人,其实掉过眼泪。至少两次,都是为流浪猫。

2007年的一天,厦大学生打电话给他,说厦大校内一自行车修理铺女工,用开水泼流浪猫,并用铁棍打断了一只猫的骨盆,这只猫非常凄惨。他让学生赶紧把猫送到宠物医院,自己也赶去医院。那只流浪猫漂亮可爱,但它的骨盆已经粉碎性骨折,而且,身上都是开水浇烫过的腐烂痕迹。宠物医生表示猫咪痛苦万分,而且,救治价值不高,建议安乐死。萧冰同意安乐死后,就走下楼梯。他的泪水忍不住流了下来。

学校还有很多的流浪猫,要继续面对修车铺暴虐的女工。萧冰去找那个女工。女工闻风避开了。萧冰再次去找她。女工被截住,开始她否认,但经不住同学们的指证,后来才承认只是轻轻打过。不料,她的丈夫赶来了,气势汹汹,冲过来就用指头戳点萧冰胸口:猫是你的祖宗吗?打了又怎样?有什么了不起!

萧冰火了,这对男女激怒了所有爱护小动物的同学。萧冰拉那男人去校综治办。校综治部门负责人闻讯而来,严厉批评了修车铺男女。他们这才收敛了。

萧冰说自己很少掉眼泪,更不愿在人前落泪。第一次为流浪猫落泪,是内疚。当时,他救助的一只流浪猫,在外地朋友家生了一只美丽可爱的小白猫。萧冰喜爱得很,把它带到南方,说好几天后,朋友会把它再带回来。没有想到,没两天,他自己家照顾的三只流浪猫忽然染上猫瘟。这只来做客的漂亮白猫第一个倒下,怎么也抢救不过来,最后死在了萧冰怀里。萧冰抱着它,辗转两家宠物医院,痛苦内疚:本来它生活得很好,就是我一念之差,把它带到南方。那一次,收养的四只流浪猫全部离他而去。

坚强、温和、理性——人们的印象中,萧冰似乎不轻易发火。有一次,在南方养犬管理法规出台前,他带一只小狗在中巴上。一个老人忽然大发雷霆,语气激烈地指着萧冰大骂:年轻人,养什么狗！一天到晚，正事也不做！萧冰沉默着。老人临下车，还狠狠地瞪了他一眼。萧冰也不争辩。他说，我心里难过，因为一个人到了高龄，竟然对无辜小动物还毫无怜惜慈爱之心。

我们问，辞去公职，作为丈夫、父亲，你有没有想过自己的家庭责任？

萧冰说，有。这样家庭重担全部压在家人肩上，确实不容易。做决定前，我和家人商量过。如果她不支持，我是做不到的。她也知道，动物保护工作的具体事情非常多。比如，你们看到的"人与动物成就大奖"评选活动、动保夏令营、全市中小学动保征文比赛等，甚至一个半天的活动，我都要因为策划项目、寻找资助单位、接触合作单位、联系场地等，忙碌几个月，完了还有详细的材料汇集、活动总结等。而且做这些活动特别费脑筋，常常弄得晚上失眠。我知道，作为公益团体，动物保护机构真正运作成熟了，会有外界的资金支持，那样，就有一点行政办公费用，也许就有一点工资了。但是现在，我们还没有钱，所以，开工资也没有意义。我很羡慕国外和我国港台地区的动物保护组织，有比较好的待遇吸引人才。

同去采访的一个朋友，越聊对萧冰越充满困惑。他原先认为一个热爱动物到如此地步的人，难免偏执、神经质。但他看到了一个彬彬有礼、通情达理的人。朋友认为，有些热爱动物的人，因为爱动物不爱人，深受社会指责。萧冰解释说，是有这样的人。

有些人是因为对人失望,所以把所有情感投放到相对单纯的小动物身上。但是,在他看来,所有的生命,都是值得去关爱的。朋友出了一个选择题,让萧冰选择:地震,你的狗和你的邻居,都压在下面,你先救谁? 萧冰说,先救人。

为什么呢?

我不知道。如果不救人,会更加良心不安的。

采访出来,朋友再次感叹:这个人很不错,但是,对于我,依然还是个谜。

她最美丽的生命,从癌症开始

没有人能想象她曾是一个癌症患者。

她总在笑。她比同龄的女人更年轻秀丽,一身连衣裙,纤腰挺拔亭亭玉立。

如果癌症是一个魔鬼,这魔鬼永远都无法理解,4年前,这个绝望哭泣的女人,是怎么逃出它的魔爪的。"出逃"的时候,她带着三次化疗后的光头,带着十个发黑的指尖,还带着一个奇异拥抱后留下的路标和希望。

这是一个生活富足、脾气急躁的职业女性。2006年春节刚过的一天,她突然发现自己内衣里出现咖啡色,次日沐浴,换下的内衣再度出现了可疑的颜色。几天后,医院的穿刺和钼钯检查,揭示了恶魔的入侵:疑似乳腺癌。

全完了!这个叫纯林无边的女人,感到了自己浑身冰寒的死亡温度。她麻木不仁地回到家,神志瘫痪了,彻夜失眠了:还能活几天？熟悉的朋友同事,知道这个坏消息,都来宽慰她鼓励她。大家说,不要紧,有人都治好了。这没有什么。纯林无边漠然地听。事后她说,不是亲历者,没有被病魔的利爪攫在手里的人,对那种刻骨的无奈、恐惧与绝望,永远隔着一层。她说,你们是在动物园看到老虎,而我是在一个人的山上遇到老虎。

她第一次怀疑,"勇敢"这个词,是人类编出来的。

手术后的第三天,她在阳台上看书。旁边一个女人竟然和她看同样的书《身心灵100问》。但比这本书更有力量的,就是身边那个女人。她在看护她肝癌晚期的父亲,1999年在送走自己患肝癌的丈夫不久,自己就得了乳腺癌。但是,这个叫黄妙璇的女人,依然坚强健康地活着。她对生命的达观镇定,震撼了纯林无边:我一个乳腺癌就哭得乱七八糟,她接连承受常人难以想象的灾难,怎么能够不掉一滴眼泪?

几天后,6名生命关怀中心的志愿者来到病房。这个隶属同心慈善会的机构,大都是从生命沧桑中走过来的人。他们来看望那个女人的父亲,听说纯林无边后,一行人就到隔壁来看她。纯林无边说,一位70多岁、满头白发的老人,看到我,什么话都没有说,走过来给了我一个长久的拥抱。不是礼节性的,和丈夫、亲人的拥抱也完全不同,我感受着她的温暖和力量。我的眼泪顿时涌了出来,我忍不住号啕大哭,根本止不住。她轻轻拍着我的背。我尽情地哭,她起码抱了我5分钟,我就在她怀里哭了那么久。

医生刚好经过那里,之后,医生问我,我说,我也不认识她。医生说,不认识,你怎么哭成那样?

纯林无边也说不清楚。回忆中,她眼睛湿润。她说,那个有力的拥抱,传递的是无须语言的、最强烈的人间大爱。我绝望无助的心感受到了,所以无法克制自己。

面对病痛,世人习惯依靠以医疗知识手段为代表的医生,和病魔作战。战争的输赢,由医生的能力、投入,以及疾病的难易度决定。但技术发达的人类,日益忽略了生命自身的能量。我们本来可以靠自己,可以和医生并肩作战,但是,我们忘记心灵,忘记了生命内在的强大。

拥抱纯林无边的老太,是南方一所大学的退休教授。她20年前得了甲状腺癌,后来还复发过,但是,依靠新生命康复中心的助力,这位叫张超真的教授,摆脱了癌症,成为绝望者的救援人。她的一个拥抱,给一个灵性而敏感的心,开启了新的航道。

纯林无边来到老太太邀请她来的地方,在瑞景新村,是同心慈善会下设的一个生命关怀中心,进出的都是癌症、抑郁等健康受损的人,以及从疾病走出来的热忱志愿者们。大家一起做"心灵瑜伽",在老师的帮助下旋转,一起开启内心的力量。在一次分享活动中,在大家的鼓励下,纯林无边第一次,在公众面前摘掉了帽子,露出了自己的光头。她终于敢面对镜子里真实的自己了。

她天天去中心,每天练一小时旋转瑜伽,每天和不同的病人分享。开始,她在练瑜伽中眩晕、呕吐,后来,越转越轻盈。她觉得自己的垃圾废气在排出体外。其间,有的晚期病人离去了,但他们自我拯救的信念依然激励大家。她相信自己身体的自我修复力量在启动,在发展。内心的恐惧,日益为喜悦、宁静和信心所占据。

3个月后,纯林无边去上班了。半年过去了,她的身体越来越好。恶疾,让我重新省察自己的人生。纯林无边说,我原来脾气太坏了,家里人都因此紧张。现在,我感受着宽容、不嗔恨的宁静,越来越感受到爱的喜悦。我不再苛求女儿,我给她的是肯定和鼓励,是所有的正面信息;我让身边的人舒适,他们说,我变了一个人。"狂性自歇,歇即菩提。"纯林无边从内到外,感觉着生命的纯净和力量,感恩着亲人、朋友、同事的美好。2006年底,在一场年度慈善晚会上,她勇敢地走上舞台,翩翩起舞。当主持人告诉观众,她是一名癌症患者时,台下掌声雷鸣。

"爱"成就了我的新生命,我必须把爱传递。像当初张超真教授做的那样,纯林无边也走近医院的病人,走入癌症患者的家庭。哪里有需要,她就去哪里。有个医学专家给她的印象最深。那名了不起的专家,因为高超的医术拯救过许多病人。很多病人为他被发现为癌症晚期而难过、惋惜。医生的朋友知道纯林无边不寻常的经历后,辗转找到她,请求她去看望那名专家朋友。纯林无边记得,那是2009年的夏天。她一边往他家而去,一边忐忑不安:他能听我的吗?人家是医学专家啊。

一进门,他的妻子流着泪水迎接她,而那位盛名在外的医生,神情憔悴地半躺在沙滩椅上。纯林无边熟悉这个被化疗"收拾"过的神形,她的心充满怜悯和爱惜。她坐在他的身边,一点一点地告诉他她自己的经历,当她讲到生命关怀中心的"脊椎旋转瑜伽"时,那名专家站了起来,当场要跟纯林无边学。纯林无边说,可见他求生的欲望还是很强烈的。但是,非常遗憾,他最终一次也没有践诺,他一次也没有到生命关怀中心来。

这名医生,也许已经习惯了相信现代医学,相信技术。很多人永远都不会去正视自己内心的力量,去呼唤人与自然和谐的生命的本来律动。纯林无边记得他妻子送别她时,充满希望地央求她,小林,你一定要经常来看看我们!这是女人的直觉,她感受到了新生命的召唤。可是,当事人还是一次次错过了。

并非到了生命关怀中心,就个个都是癌症赢家。纯林无边也送别了多个朋友。但有一点,从那里出去的人,无论逢生面死,都有了对生命不同程度的从容和淡定,削弱了甚至消除了对死的恐惧。他们明白了,即使肉体消损,他们的心仍然自在、解脱、愉悦、充满生命力。他们有了比普通胸怀更多的宽容、感恩和爱。

纯林无边说,我因病入道,因祸得福。我对老天的安排充满感激。它给了我癌症,又给了我健康,并让我充满能量,活得更自信、更庄严。回到内心,相信爱。我知道老天的用意,我会把这个健康美好的信念一直传递下去。

天使不害羞

人体没有一个地方可以逃避疾病,哪怕最私密的角落。这样的秘密地带,挑战着不分年龄、性别的所有人的羞涩。和所有的病魔对抗战线一样,这个山头,也有医生把守。在全国,泌尿外科,基本清一色的是男医生。而南方这个山头,有一名女天使,一个年轻的女性,叫安安。

这真是一个尴尬的地带,统管着"下水道"系统:肾、导尿管、膀胱、前列腺。再经风雨见世面的病人,到了这里一听脱下裤子,心里难免别扭不自在,而面对年轻秀丽的女医生安安,有些男人说话都结巴了,语无伦次。反过来,有的女病人,一听有女大夫,顿时指定要等安安给她做检查,还有外地女病人慕名赴厦,等的就是安安。她们的问题也是"害羞",羞于在异性医生面前"亮出底牌"。

前两天,安安遇到了一个两三岁的男孩。小男孩患的是"金锁鞘膜积液"。就诊时自然要脱裤子检查。小男孩断然拒绝。父母解释说,小家伙特别害羞,平时洗澡都不愿妈妈看。一个小屁孩,安安感叹,这样的反应,太让人意外了。如果这个小男孩大一点,他就会振振有词地陈述他的"体面"理由,安安也会动之以情晓之以理,进行美好有趣的医患对话,可是,丁点大的小屁孩你怎么聊啊。又比如,安安遇到一个少年。少年因为血尿,必须接受插尿管等检查治疗。少年说,不,这是我的隐私!安安说,在医生面前,没有隐私啊。

桀骜的少年最终听懂了,接下来,他便尽力克服羞涩,假装无所谓地配合医生。

羞涩是人类的正常心理。据医学杂志报道,有人如厕,只要旁边有人,他就无法排尿。在专业上,它有个令人惊奇的名称叫"膀胱害羞"。男女都可能患此病,根子还是心理原因。人只有在紧急时刻,才可能淡忘忽略羞怯。比如,一个前列腺不好的男人,因为大量喝酒又没有及时排尿,最终导致了膀胱破裂。尿液流了一肚子,腹部剧痛,被朋友急送医院。在这个"下水道崩盘"的危急关头,男人就彻底把自己痛快地交给医生了,当然也就无暇顾及救命的人是帅哥还是美女了。还有一种更要命的情况,那是当事人绝对顾不上羞羞的"危亡时刻"。据说,南方发生了三起,都是"鸡鸡遇害"事件。都是因为被妻子指责"生活作风不端"的男人们。他们大梦未醒,就冷不丁被愤怒的妻子剪掉了命根子。最近的那一起,安安说,做妻子的先是说把它扔进了马桶,当晚后悔了,又给主治医生李博士打电话,说其实没有冲走,现在还能用吗？当然,为时已晚了。

安安的母亲是医务人员。她2006年毕业于广州军医大学,学的是尿动力学。是福建省唯一的泌尿外科女医生。肾结石、输尿管结石、前列腺炎、膀胱肿瘤,都是泌尿外科的常见病,之外还有外伤。女病人大概占了三分之一。

尿失禁是年纪大的女性易患的疾病,就是不能像正常人一样"严格控制出口"。如果个人卫生处理不好,会给病人带来令人尴尬的异味。但是,安安说,有相当一些老年妇女,并不太重视这个病。相反,因为工作、生活、社交等原因,年轻一些的女人,非常重视"下水道"系统的健康。前不久,安安接了一个30多岁的女性,因为妇科手术故障,引发了"尿漏"——就是尿液不能从尿道正常出来,而是淋漓不尽地从阴道走,外阴从早到晚地泡在尿液里。有异味不说,有的病人甚至要长期使用尿不湿。这名病人是年轻时尚的,文着眼线,化着淡妆,可是,这样令人痛苦羞涩的"漏水",严重影响美女的工作与生活。安安很用心,她的修补术进行得很成功。

作为医生,安安尊重病人的害羞,作为一名泌尿外科的女医生,她特别能理解病人的羞怯。

有一天,来了一个七八岁的小女孩。小女孩是娇气的。她要进行的一项泌尿系统造影检查,必须喝下番泻叶——一种导致腹泻的药。味道不太好。无论爸爸妈妈怎么哄劝,任性的小女孩就是不肯喝,哭闹折腾得很厉害。后来,安安跟小女孩慢慢谈心,谈她的病,谈治疗。小丫头听进去了,把一杯番泻叶全喝了。而最了不起的是,随后的检查。

小女孩要进行输尿管镜检查。这项检查,一般要全麻进行,也就是说,病人是比较不舒服的,何况这么小、这么任性的丫头。但是,父母担心全麻对孩子不好,愿意接受局部麻醉。输尿管是连接肾脏和膀胱的管道,通过内窥镜的检查要进行十几分钟。小女孩虽然有点紧张、害羞,但是,在安安的不断鼓励和安慰下,居然在局麻的情况下,很乖、很勇敢地坚持了十几分钟,很好地配合了检查。

也许是女性天然的情感细腻,安安对于各类表现的病人,都显得宽厚温存。我们问,有没有男病人专门要找你啊?她笑着说好像没有。再问有没有男病人拒绝你,她依然是笑:比较少吧。

据说"下水道"就诊害羞,有些男人是担心自己经不住检查诊治而出丑,让医生难堪。尤其是青春勃发的小伙子们。因为检查而机体失控,面对女医生,小伙子总是无地自容、尴尬至极,但安安会一律视而不见。我们调侃说,那种情况,你有没有偷看一下他们的脸色?安安笑着:他已经够不自在了,你还看他啊!

这就是医生细微之处的体贴和温柔。正如台湾女同行的感受,安安也认为,一个青春健康的身体,敞开秘密地带,面对女医生有时起反应,相当于人们闻到胡椒粉就打喷嚏,都是非常自然正常的。没有必要给病人更多压力。

作为全省第一位泌尿外科女医生,从业五六年来,安安心里最大的感慨是什么呢?

安安说,大家对这个行当的女医生,有个认识过程。当年不断有人问我,你为什么选择这个专业,现在,问的人少多了。

那么,你最喜欢什么样的病人?我们问。

安安说,信任医生的病人。现在资讯发达,很多人靠网络获得了一知半解的医疗知识,不理解医生是一个在系统知识背景下,积累大量经验的过程。和病人的纸上谈兵是两回事。所以,病人相信医生,是治疗最好的保障。

那是不是也有相对成熟的病人,遇到了不够成熟或者不太敬业的医生?

安安说,应该有,但我想,比例很少。

大小伙子的精微人生

据说,人类对小的东西有着共同的偏爱。

在欧洲,把生活场景缩微再现的"娃娃屋",是历经数百年未被淘汰的少数玩具之一。在美国,"娃娃屋"是仅次于集邮与集钱币的第三大最受欢迎的民间嗜好,爱好者约有 200 万人。在日本,娃娃屋也是深受日本人痴迷的手工。

各国"娃娃屋作家",大部分都是女性,但是,世界级的顶尖高手,都是男人。

仅仅两年多,南方大小伙子西树,在娃娃屋领域出手不凡。这和他是大男人有关,更重要的是,他与众不同、精细精致的感觉能力和表现力。

一个大连女孩,从西树的博客上发现西树后,请求西树为她制作一个娃娃屋,她告诉了他她的主题,爱琴海风格的。女孩说,她要把这个礼物送给一个朋友,一个像哥哥一样的最好的朋友。

西树专心致志操作了大半年,当他把这个命名为《听海的假期》的作品完成时,震撼了许多网友。作品运抵大连,有趣的是,那个女孩一见之下,惊喜后的第一反应是,不送了!自己留着!"最好的朋友"不敌"西树的娃娃屋"。而女孩诚心要送他礼物的好哥哥到她家时,女孩竟然悄悄先把《听海的假期》藏了起来,唯恐被夺爱。事后,她自己大概也过意不去,辩解说,现在不送,等他结婚了我再给吧!

经常戴着棒球帽,大眼睛、沉静平和的西树,大学学的是经济,毕业后在大型国企做了七年人力资源工作,随后在外企待了两年。他一直没有找到自己最想做的。他开过咖啡店,蛋糕手艺超群出众,尤其是"戚风蛋糕"令业内外人士赞叹。但是,西树始终"魂不守舍",心底隐约有着关乎迷你园艺、精微事物的呼唤。大学有一次设展,有着丰富植物知识的西树,受命在最显眼的一号摊位布展,他以二三十种迷你精美的园艺,使一号摊位成为展会中心;前些年,西树还做过十几个迷你喷泉,一本书大小的、自带流水动力的小喷泉,让许多人爱不释手。但最终他也没有在这些地方停留。

2008年3月,西树在网上一个手工论坛的一个极不起眼的角落,发现了娃娃屋新世界。西树停下来了。经过多少年的魅影与诱惑,命运女神第一次完全地撩开面纱,让西树惊喜地看到了一个清晰的圆梦之境。

起源于400多年前德国的娃娃屋，一直是宫廷贵族的玩具。通过缩微再现的场景，以培养孩子的社会认知，健全孩子人格。发展到现代，父母更加重视孩子的人际智慧与语言发展、社会互动能力，娃娃屋更为流行。

娃娃屋的魅力，来自人们对空间大小的奇异感觉。日常生活中司空见惯到令人麻木的尺寸，经过微缩，重新发酵感情，人会觉得自己很高大，作者和观者都可以实现和摆布自己的生活理想。但是，很多娃娃屋的作品，不过就是过家家，像个缩微崭新商品，崭新得只有机器痕迹，你会叹服它心灵手巧，但你未必会被激发想象或回忆。

西树不一样，他的娃娃屋，一出手，就带着浓郁的情感痕迹，你会看见"去年今日此门中"的岁月尘烟，看见物是人非的时光沧桑。

一位安徽人士，非常想念他和奶奶相处的童年时光。他告诉西树那段生活后，西树开始了创作。夏夜。一面瓦檐土坯墙，院子边的粗糙水泥池，院中的纳凉竹床、蒲扇，院子篱笆墙边的劈柴木墩、小木凳，用了多年的柴刀……天阶夜色凉如水，墙上，老木门的正上方，一个陈旧的搪瓷灯罩里的白炽灯，有限地发出人间温馨的光，你能听到蛐蛐在远处叫，萤火虫在灯光之外的瓜架上舞蹈。这是多少中国人童年的夏夜啊，大人摇着蒲扇，讲着故事，孩子在竹榻上指月亮、数星星……

这个作品一出来,果然唤起了所有观者的关于童年、关于奶奶的回忆。有人说,我想我奶奶……一个新西兰的网友用繁体中文留言说,你怎么这么神奇?!

这就是西树的力量。

东北一位女士,看到西树的作品,非常喜爱,专程偕夫来厦旅游,拜访西树,送了他一箱樱桃,回去又给他寄来欧洲花艺类书籍。

西树的力量,就在于他精细入微的感受力和表达力。他的每一个精准的细节,都能够带动你的情绪起航,回到过去,进入梦想,流连于怀想思忆的氛围。

奶奶的夏屋,用了500多片指甲大的瓦片,西树一片片制作晾干,色差极为讲究,那是真正的经历风吹雨淋酷暑严寒的瓦片;水池里是谁刚冲过脚,水痕清亮,踩脚的地方也一路水迹;老水池的粗糙的池壁上,还有青苔依稀;最神奇的是柴刀,握柄最趁手处,水滑诱人摸,刀锋刀背厚沉。其实,这把不知几代人的手握过的柴刀,不过半支棉签长,而整个一个《夏屋》,只有一台功放机平面大小。

但是,西树就在方寸之间,以精准的再现,把你推进岁月深处。

一个苏北民居的红火年夜,一把刚扫过院子里积雪的扫把,靠在篱笆边,扫过的雪,有点脏;

一扇绿色窗户,窗户的合页锈迹侵半;

一个老屋木架上,若有若无的蜘蛛丝;

一个老旧的搪瓷杯上,喝水部分褐色的痕迹;

....

西树太精微了,太细腻了,无论是观察、感受还是表现,他的天赋,如果没有娃娃屋,这世界上还有什么艺术形式能让他和世界自由自在地对话呢?

他总是和正常人不一样:做蛋糕的时候,他享受的不是蛋糕结果,只是陶醉制作过程的香味——不是在普通蛋糕坊闻到的那些充满人造黄油、人造奶油等添加剂的恶俗的香味,不是的,他说,比如,我把玫瑰和天然黄油混合,制作小饼干时,整个屋子里充满玫瑰天然的芬芳。

告别咖啡屋项目后,故地重返,发现咖啡屋关张了。他说,我看到三楼露台原来茂盛的迷迭香正在枯死,残余一些绿色,看得心里很难过。咖啡店关了会再开,而那些植物是无人收养的,它们就那样渐渐死去了。

他就是这么痴迷细节,有着精致的情感。

去年春节,在科技馆的虎年展会上,西树耐心地指导了一拨又一拨的孩子,做微小玫瑰花束,去献给他们的爸爸妈妈,因为那年大年初一,正值情人节。这个大小伙子的手工摊点前,一直围满着兴奋的小孩。

6月份,迷迭香花开的时候,西树会久久蹲在阳台看这些细小的蓝花,它们开得就像雨后初晴的天空,也像海洋的水滴,他说,看了心里真舒服。

现在,他每天在自然的光线下,在连接大露台的工作间里要工作八九个小时,他可能是电工、是金工、是木工,还可能是玻璃工、陶瓷匠。据说,每个娃娃屋作品,可能涵盖了历史、地理、数学、物理、化学、美术、审美等诸多知识。这大约是造物主的知识技能和储备。区别是,上帝用1∶1,西树用12∶1的比例。

大露台上,有个4岁的小邻居,很关注西树劳作。

叔叔,你又在干什么？孩子发问。

我在翻译一个微小切割机的说明书。就是把英语变成中文。

噢,我会！我学过。我会英语。

好啊,说说你会的英语吧。西树说。

小邻居沉默了很久,然后严肃地说,做好你自己的事,别人的事不要管那么多了！

这个幼嫩的小生命,和西树有很多对话。西树随手写进博客。看客看了发笑。小家伙不知道,他面对的这个叔叔,对包括他在内的小东西,有着多么特别的感受力和耐心。他和大街上所有的"目光远大"的叔叔不一样。

口吃的人与众口皆碑

不管金钱受到现世多大追捧,人们对商人的评价,还是淡漠谨慎的。但是,很稀罕的,在本报热线,一个石材小店老板,多次被市民表扬。他们用自家购买安装石材的经历,描绘了一个叫"小周"的老板。

最神奇的是,有个张姓先生说,一个结巴子,能把生意做得那么成功,你们应该去看看,南方小鱼网上,夸他的人很多很多!

南方小鱼网上"鱼和熊掌"是这么说的:目前我唯一通过小鱼网决定购买的产品就是小周石材,在网上小周的名声和好评度都太高了,不由想亲身体验一番。正因如此,我一没有复核他的尺寸,二没有去工厂看样,一切全权委托给小周……(因此之后有波折)……小周的售后服务非常值得称赞,换别的商家,生气不说,可能就要考虑找人仲裁了。我个人感受是,用户不能完全当甩手掌柜,如果我按正常程序复核和挑板,后面的波折和损失就可以避免。所以我也是有责任的……

"黄花鱼"说:新房装修,朋友力荐小周,说质量好、价格优惠、服务也好,半信半疑中购买,安装完了,效果不错。本没有特别感觉,但由于要安装推拉门,需在一块门头石上切两条槽安装铜条,做门的搞不定。给他们打电话,第二天小周就安排师傅来切割了,又快又好,非常感激,特地上来也向鱼们推荐一下,确实不错。

看网上小周给客户的回应交流,无论是自我检讨道歉,还是问题讨论,都谦逊豁达,文字洒脱。可是,在电话里约采访的时候,小周确实有些口吃,以至你不忍多说。不过,见面聊却又发现,小周语言基本还是流畅的。小周说,这两年我变好了,也许年纪大了比较淡定吧。只是电话里,我还是容易结巴。小周笑着调侃自己:有个顾客说,哎呀,本来一块钱话费能搞定的事,被你说掉两块钱啦!我就说,结账的时候,我们扣掉一块吧。

几个小时的访谈下来,小周几乎没有口吃。他说,他父亲、一个哥哥都是结巴。哥哥比较严重,讲不出来时,经常要跺脚。而他前些年的口吃确实是让顾客着急、怀疑。但是,小周不知道,让顾客更加记忆深刻的,不是他的结巴,是小店卓越的品质。在这个花言巧语、奸商遍布的时代,小周的口吃和小周的口碑,太与众不同了。

1993年涉足石材买卖的小周,现在大约卖出了3万套家装石材,一次也没有惊动过12315热线。六七年前的一天,豆仔尾有个退休老太定制了一个600多元钱的灶台。小周派店员把成品送过去,数日后,石材断成几段,老太太责怪说质量不好要换货。店员看出是使用不当,拒绝换货。双方僵持不下直到小周出差回来。小周一看就知道灶台断裂是外力所致,但是,他不想为难老人,说,好的,我给你重做吧。一句话出口,老人发怔。她难以置信,吵了几天的事,老板一句话就结了。老人最后说,是他们家安抽油烟机砸上去搞断的。小周给老太太重新做了一个灶台送去。老人没有多说什么。令小周意外的是,之后多名顾客上门,都说是豆仔尾的陈阿姨介绍来的。老人以她的方式,在回馈小周的宽厚诚恳。

这种别扭委屈,每年会碰到一两起,小周一律都笑纳了。他说,一年一两千元的"吃亏单子",在我的经营费用中,并不算什么。大家高兴就好了。我们来自农村,心里总是想对别人好一点。这个求好心理,一开始是不愿让顾客难受,也想得到更多的客户,现在顾客很多了,有时石材还供不应求,但我们依然求好,是辜负不起他们的信任了。

3万套的家装后面,有着千姿百样的人。小周的原则是:只要说不清谁的责任,就是我们的责任。甚至说得清的,他也承担。比如,一套量好尺寸的洗手台,顾客接受后,忽然打电话说短了。小周过去就发现,是装修工擅自切割过。订单上的尺寸还在。小周告诉顾客,他们是红外线切割技术,切口非常平整,而手工切割比较粗糙。顾客一对照也明白了。但是,小周还是按他们的要求折价重新做了一块。他说,算了,装修工也没有多少钱,我只要让他们清楚责任就好了。

一名菲律宾顾客,反映说洗手台台面变色了。保修期是一年,她已经用了三年。小周也看出是使用染发剂不慎导致吃色。但是,他还是给她换了。

他的售后服务全部免费。

脱胶、扩口、打洞、压顶石开裂更换、洗手池漏水……只要是他们的客户,哪怕十年前的客户,甚至不是他的客户,他一样过去处理,无须凭证。小周说,有的显然不是我的客户,但是,既然他叫我,我还是去吧。还有一项免费上门量尺寸服务。他是为了保障自己产品的准确适用。一般店家是收了定金才上门量,怕顾客爽约白干。小周从来不。顾客量了不做也有的,但是,他还是这样坚持下去。

小周的店,早已经过了仰仗顾客多多光临的创业初期,现在经常是应付不过来,有人也因此批评小周"店大欺客"了。小周虚心接受,鼓励别人发泄。现在,他已经在和顾客诚实体谅的交流互动中,感到爱人并被人爱的人生大快乐。

有些顾客,把对小周的嘉赏立刻就表达出来了:有人打媒体热线,有人在亲友间、同事间推介,有人像熟友一样嗔怪:看你结结巴巴的,还以为你做贼心虚呢!其实,你的东西很不错啊!

有人情感深沉,当场没有表示什么,但他记住了这个小店。有一天,小周接到一个泉州电话,一个陌生的房产开发商请他去接手一个数十万元的项目。房产商说,是他儿子小蒋推荐的。他这个儿子,曾在小周这里买过家装石材。小周的顾客成千上万,普通蓝领、退休老人、婚房筹备者……他一视同仁尽心尽力地做。谁也不知道,善的种子哪一天就在哪里绿荫遮天。去年春天,一个林姓大房产商主动找到小周,委托一个100多万的项目。因为是在四川,小周不想接,开发商竟然先打了5万元给他,让他放手去做。这是多少人请客、送礼、拉关系想接的项目,可是这个开发商说:你这人讲话结结巴巴,可是,交给你我就放心!

有个读者说,几年不见,我还以为用短信和小周沟通才通畅,没想到,他已经不怎么口吃了。他是苦练出来的,这个人非常了不起!

采访的时候,我们在猜一个秘密。治愈或减轻小周口吃症状的,也许就是他金子般的诚信。正是诚信,他赢得了金贵的尊重和信赖的包围。而尊重和信赖,又给了他巨大自信。

国内外学者都发现口吃患者存在对口吃的恐惧心理,本质是恐惧其可能带来的不良后果,如丧失社会地位。所以,根治口吃的着眼点应放在心理障碍的破除上。正如那位向开发商父亲推荐小周的小蒋先生所评:我去那个建材城,所有卖门的、卖浴具的、卖木地板的，只要我问哪家石材好，他们统统说，你找小周吧。小蒋说，我想，正是这样的广泛肯定，给了小周自信，所以，他不怎么结巴了。

这个口碑，这个口吃治愈，是小周自己挣来的。

爱,比名利更久长

一个事业还如日中天的警察,申请提早退休。这一提早,提早了好几年。警察是多少人渴望的公职,而他已有令人羡慕的岗位,更有令人称道的口碑和人脉。但是,他走了,挥挥手,道别了所有的光圈和云彩。

早退申请是今年4月提出的,直拖到11月,他才被领导们痛苦地批准。消息一出,所有的朋友、同学、熟人、同事都被震撼了,这事比谣言还像谣言,大家纷纷打电话求证,他说是真的。有人在电话里吼:别逗了!哥们儿,开什么玩笑!有人说,你干到分局领导这个位置容易吗?这是多少人梦想的好位子!

他执意离去,坚定的背影令人怅惘,几乎无解。社会上,随处可见的是,多少人到了法定谢幕的时间,还迟迟不愿转身,有人甚至千方百计地改小年龄,多一天也是满足。迷恋在岗的权力,难舍在岗的金钱、利益、方便,恐惧边缘化,害怕寂寞。对普通人来说,舍不得退出社会的重要地带是很自然的。

这个骇世惊俗的早退谜底,其实简单如阳光下的大道。采访一开始,他就说到自己的家。他说,我和别人不一样,如果我父母能在南方,也许我不一定做这个选择。可是,他们在长泰,80多岁了。

去年春节,老母亲无意间说了一句:从你19岁离家,我每一天都在想你。这句话,让他陷入内疚旋涡。作为家里唯一的儿子,37年来,下乡3年、从军20年、从警14年,他都不在父母身边,父母生病、经常住院,陪伴其侧的只有他的妹妹们。但几十年来,他说,我父母从未对我说过一句重话和一个抱怨。我知道对不起他们,所以,周末只要不值班,我必定驱车到长泰看望父母。而我母亲,无论刮风下雨,一定要到百米外的路口等我。有着严重哮喘病的父亲,只要我回去,一定亲自去菜场买菜。他喘,体力不支,300米的路上休息多次,才能把一大篮子菜提回去。而我总是只能陪父母吃了中午饭就立刻回去。同样的,母亲又一定要送我到路口,风雨无阻,非常固执,谁也拦不住。

老人把优秀的儿子当成精神寄托。"而实际上我几乎尽不到孝道。"他说,愧对双亲,就是他中年之后最强烈的自责。父母已经80多岁了,一直体弱多病,他问自己,他们还能坚持到我5年后退休的那一天吗?他原来希望父母离开长泰,来南方和他一起住,可是,老人有自己的朋友圈子,有自己的生活习惯,所以,这个孝心的努力,使老人并不快乐。

那么,你现在退了能为父母做些什么呢?

我不再上午到,吃了中午饭就走了。我能多住很多天,陪他们说话、散步。他们越来越老,我心里很难过,陪一天少一天了。在等待批准期间,我的时间就多了,我到处托人,为父亲在山东找到了一种祖传秘方,一个疗程之后,他的哮喘大为改善。我现在不仅能多陪他们,而且,想方设法为老人弄些好吃的、他们应该吃的东西。我一定要让他们安度晚年。

他的心,孝道之外,还有一半是对妻子的歉疚。为了弥补自己的愧疚,那年,他对妻子有过承诺:当你退休时,我也一定退休陪你。他妻子比他大,今年4月1日,妻子退休,同月21日,他的提早退休申请,也到了单位领导桌上。他没有食言。爱情本平常,因为一诺千金,有了非同寻常的童话色彩。他在申请报告里写道:贤妻退休了,这么多年来军嫂、警嫂的经历,外人很难想象她是怎么苦过来、熬过来的。从结婚到转业,就分居了16年。我亏欠妻子太多太多了。我必须给她最真最好的补偿,否则,我一辈子心里都会很不安的。

说到妻子,他面带微笑:"她这家伙,挺耐看的。"他说,我很感谢她,独自一人,为我培养出那么优秀的儿子,儿子现在也是个警察,从小到大没说过粗话,从来不发牢骚,是个有事业心、有责任感的孩子。

他说,我对妻子的诺言,是因为我亏欠她,而我知道她膝盖不好,现在爬山都很吃力,再等5年,也许她哪里也玩不动了。他有些感伤,眼睛里充满对夕阳红的珍惜。

他在基层派出所任教导员时,工作非常忙。有一年的一段特殊时间,他不得不和另一名主官,一周值班5天,才歇2天。在派出所值班,通常要批阅材料,要干到子夜一两点,而一周至少会碰上一两次通宵忙碌。这样高强度的节奏下,他突发眩晕症,不断呕吐,天旋地转,痛苦不堪。最后不得不被同事送进医院。医生为他进行了全面的检查,要他住院,他拒绝了。医生最后的结论是,工作压力太大了。这个病情,他对妻子只字不提,他不愿让她担心。眩晕症再次发作,他还是选择了隐瞒。他不知道会不会有更大的麻烦。直到他终于彻底摆脱眩晕症时,他才告诉了妻子。身为医生的妻子非常生气,勒令他以后一定要说。

采访时,他说,对父母,我的感受是恩重如山。对妻子,我感到情深似海。正因为如此,无以回报的他,只能做出这样的选择。

这样早退,你是不是要少拿很多钱?我们问。

他说,别人替我算了,5年下来大概少拿30万吧。但我想过了,只要我父母健在,我们几个人的工资合起来,只要一两年就有了这个钱。人比钱重要。

那么,做到这样一个重要权力岗位,你放弃了,是不是你本身也会被势利的人放弃?

这个,我早就做好了准备。真朋友放弃不了,假朋友本来就不存在。

你这个选择,是不是很多人不理解?

我确实没有想到反响这么大。也许我让领导为难了。但是,百善孝为先,如果他们处在我这个特殊状况,可能也会这样做。我毕竟年纪也大了,创新能力、体能都不能让自己满意,那个岗位会有更出色的人接棒,而我,稍微多留一点时间给自己的家人吧。

这个决定惊世骇俗,人们会不会猜测你另有所图?

有的。有人说我想方便离婚,有人说我另谋高就去做生意。我听了感觉好笑,他们以后看着就知道了。

会不会有人猜疑你有经济问题?

这倒没有。至少我没有听到。我没有发票权。也许大家了解我这个人,政法委历年考核干部,大家对我的评分都不错。

具体怎样的?

比如,45名副科级以上干部,42人评我优秀,3人评我称职。大家一直信任我。

那么你的选择,家里人都怎么看?

他们全部一致支持。我父母说,你是该调养一下了。我妻子记着我们的约定。我儿子说,老爸,你自己决定,累就好好休息吧。

在一个多少人削尖脑袋往里钻的职业,在一个多少有志者、官迷梦寐以求的岗位,这个叫"在远方"的警官,转身离去,毫不迟疑。他一直喜欢旅游、喜欢钓鱼,现在,他终于在自己膝盖还好的时候,开始自己的新生活了。不过,疑惑的旋涡还在包围着他,求证的、惊讶的、请吃饭的电话,浪潮一样,拍岸不断。采访中,他不断接电话,不断确认,不断解释,不断推掉告别饭局。

但这些,都阻挡不了他。他会在俗世的疑问和挽留中,向着自己的小小方向,越行越远。

理解一个非凡的念头,需要一颗非凡的心。

离太阳最近的美女

这个美丽空姐,是老天留给南方的礼物。20年前的一起大空难,老天差点收回她。最终,老天把这份珍贵的美、珍贵的善,留给了南方,留在了人间。

高渺寥旷是个传奇,至少研究易经的朋友,惊异她的存在。多年前,台湾有个研究易经的专家,来南方在她先生的陪同下公事忙完,无聊之际,主动替他打卦。卦象一出,专家说,你是二婚了吧?她先生说,不,我就一位太太。专家困惑不解。他说,从八字上看,20年前,你妻子应该遭遇了一场大劫难,不太可能生还了。无独有偶,厦大一位教授易经的教授,无意中在茶馆邂逅他们夫妇,游戏中玩了一卦,也让教授吃惊。他说,1989年或1990年的冬季,你应该出事了。出大事。你怎么可能绝地逢生?

游戏归游戏,但她确实遇难呈祥绝地逢生了。20年后,这个依然美丽的空姐,回忆当年那全球为之震撼的一刻,沉默无言。

她垂头、双手合十,双手挡住了满眶的泪水。100多人就在那一分钟里,魂飞九霄。9名机组人员,仅剩她和另一位。

一个空姐的成熟,需要3至5年。大劫难发生的时候,她已经是飞行多年的乘务队队长。美丽、温婉、临危不乱。那个黑色的时刻逼近的时候,她和她的同伴比乘客更清楚,但是,她们依然微笑着,在机舱镇定地走动着,温柔提醒乘客系紧安全带。形势急转直下的那一分钟,飞机在空中翻转,最后撞击,火光冲天,飞机断成三截。她醒来时发现自己摔在飞机残骸上,浑身是血。这个训练有素的空姐,第一反应是乘客安危,她拼命大喊:能动的乘客,快走!快离开飞机!快啊!最后,她撤离的时候,整个人摔滚而下,这才知道,她的右脚已经断了,左臂、后背都被锐器大大划开,鲜血淋漓。她说,但当时一点也感觉不到疼痛,整个心都牵挂在乘客、同伴和事情处理上。现场缝针的时候,没有麻药,她也没觉得太痛。

20年过去了,那个惨烈时刻,永远痛刻在她心灵深处。她的乘客失去了很多,她的同机伙伴只剩一个。她说,我对自己竭尽全力而感到满意,但是,我很难过。我一直觉得,是大家把福气给了我,我是托大家的福,是大家给了我幸存机会。艰难的回忆中,她一次又一次无声落泪。

很多历经惨烈事件的幸存者,因为无法面对现实,而难以走出负面情绪,有不少人不得不通过心理医生寻求摆脱。但高渺寥旷的伤口一愈合,便立刻投入飞行。对她来说,只有再上蓝天,在蓝天里付出,她才能淡忘心里的痛。她没有压力,没有恐惧,她只有不可触碰的痛和难过。这个痛和难过,是因为爱。她失去了一批优秀的青春伙伴,目睹那么多她一一迎进客舱的旅客,瞬间永别。但是,正因为懂爱,这个惨烈的事件,更促使她心中莲花开放。惜福的高渺寥旷,变得更加宽容、更加感恩,对他人的苦难更有理解力和同情心。

20年来,她就像阳光透洒的天使,在蓝天里传播着温情。20年来,她一直在成长,获得了"全国用户满意服务明星""全国先进女职工"等多种全国性的荣誉,成为南方空姐领头雁;她编写了十几万字的乘务员《规范操作手册》;她培养的团队,在全国业务大赛中以规模性的气势夺得第一名。美丽、高素质,南方空姐成为南方的一道风景线,成为南方人的自豪和骄傲。这是厦航的黄金时代。在高渺寥旷心底,那份伤逝永远无法淡去。每年,她都去墓园看望故去的同事、朋友,之后,她会去他们的家看看,看看他们的父母、妻儿。她说,如果他们还在,他们一样可以拥有这些成绩,甚至更大的回报。因为自己幸存,她甚至感到愧对那些离世的伙伴。她在默默地帮助他们的家人。10年、20年,他们的父母老了,他们的孩子大了。仅仅是找工作,她就为三家孩子奔忙过。而单位的领导们也非常好,三个孩子成了接班人。

高渺寥旷每天都离太阳很近。一颗感恩惜福的温暖之心,本身就像阳光一样洒在航班乘客的脸上。有一次,到上海的航班延误6个多小时。有些上海人的精明犀利,本来就令人发怵,何况延误6个多小时。果然,一个头等舱的乘客发难了,他情绪激烈,要求赔偿,因为他的事情被耽误了。新乘姑娘难以宽慰他,高渺寥旷过来了,她理解他的心情,贴心地站在他的角度考虑问题。她的语速缓慢,无论是道歉还是建议,都真挚恳切。乘客渐渐平静,竟然也放弃了按她指点的索赔程序。高渺寥旷却对很多乘客充满感激。她说,其实,乘客大部分都非常好,非常宽厚随和。

我们提了一个问题:当旅程结束,你们站在机舱出口处向每一位乘客道别的时候,有多少人回应你们的道别?好像几乎没有。

她笑着承认,说,是很少。国际客人回应多,港澳台的客人比内地客人也多一些。

是内地乘客的素质问题吗?不懂礼貌?

她说,不,我觉得是他们情感内向,他们是不好意思。而这种"没礼貌"的情况,正在慢慢慢慢地改变。现在已经比过去好多了。大部分旅客心里很善良的。

我很意外,有小小感动。心中有佛处处佛,心有牛粪处处牛粪。25年的天上地上行走,高渺寥旷始终不改的是,对人心的呵护和信任。因为信任、因为爱,她比一般人收获了更多的美好和爱护。这么多年来,每年她过生日,人们都络绎不绝地送来鲜花。

最多的时候,生日花篮从一楼排到二楼,再从二楼排到一楼。

今年8月16日,已经在蓝天翱翔了2万多小时的高渺寥旷,将完成她最后一次飞行。

她没有想到,她得到终生难忘的送别。

那一天,她刚刚踏进飞行分部,门卫阿姨拿着一枝玫瑰花走向她;之后,她走过电梯间、走过调度室、走过飞行准备室,走过飞行前的每一个节点,都有人向她送上一枝鲜花。手里的鲜花越来越多,人们向她致敬。进入客舱后,当她正埋头于起飞前的各项准备时,她的先生手捧玫瑰向她走来。这是乘务组策划了这个特别的七夕情人节。当航班安全落地,所有的乘客听到了一段特别的广播词:亲爱的乘客,人生路漫漫,白鹭常相伴。我们航空至今走过了26个春秋,而今天,我们的航班上有这样一名乘务员,她已经安全飞行了2万小时,她把青春和爱,都奉献给了旅客和她挚爱的岗位。今天,北京至南方的航班,成为她蓝天飞翔的完美句点。她就是我们乘务长高渺寥旷小姐,让我们共同祝愿她的美丽人生,健康、平安!

客舱里响起雷鸣般的掌声,掌声经久不息。高渺寥旷从前舱走到后舱,双手合十,泪流满面。很多旅客热泪盈眶,他们读懂了她对蓝天的不舍,对四海宾朋的最美丽的爱。客舱里一片温暖,几十名乘客,在机组人员那里拿到鲜花,一个个走向她,送花道别。

让我们祝福这个老天赐给南方的爱的礼物吧。

一个 5 岁的资深志愿者

在南方志愿者这个日益庞大的热血族里,有一个小小的热血男童颇有名气。在南方老人院,老人们要是没有看到他,还会集体失落——帅帅呢,帅帅怎么没看见?到今年 8 月,帅帅才满 5 周岁,但他已经参与了几十次的志愿者行动。

没见到他人,已经听到了他的江湖传说。江湖上说,他非常非常喜欢奥特曼玩具,有一次,他被一个特别的奥特曼吸引,驻足了老半天,感叹:好啊,真的好啊!

他妈妈说是啊。是不错。帅帅目不转睛,再次喟叹:实在好哇,是不是?

妈妈说,是啊。要不,买了吧?

帅帅迟疑了,最后,他痛下决心,掉头走开,说,算了!把这钱,放小猪里面吧。

小猪,是个储蓄罐。玉树地震的时候,很多小朋友都是拿着爸爸妈妈的钱去捐的,帅帅是抱着他的小猪去的。他捐的100多元钱,都是他自己节省下来的硬币。不容易呢! 更小的时候,店家门口投币的摇摇车很吸引他。爸爸总说,宝贝,投一块钱,坐坐吧。小男孩很费思量,犹豫说,还是把钱投在小猪里面吧。最多的时候,他一天能往小猪肚子里投3次硬币。不过,在摇摇车面前,如果爸爸妈妈说,这样吧,今天我们奖励你玩一次! 小家伙顿时欢天喜地地爬上摇摇车。

这个小小男童,对于苦难,对于弱势境况,对于给予的感觉,似乎比一般孩子理解得深。见多识广的他,两三岁起就跟着妈妈和她朋友们,直接接触到了太多需要帮助的人,见识了太多苦难。

江湖上还说,帅帅是个狡猾的小家伙。有一次,一名大法师看到他,招呼说,哦,宝贝! 宝贝来了。小家伙说,你叫我宝贝,是不是忘了我的名字? 法师笑。帅帅诘问:那你说我叫什么?

终于见到这个传说中的微型志愿者,果然是个机灵的小帅哥。一身火红侠客行装,活泼豪放,却掩不住一点轻微的腼腆。两岁多摔断的门牙,至今缺损,粗看还误以为是换牙期的小学生。妈妈说,第一次带他参加的活动,是到海边捡垃圾,做环保。捡烟头啊塑料袋什么的,那时,帅帅2岁半。后来我们带他去老人院做义工。他第一次出现在霞飞老人院时,那些爷爷奶奶看到一个这么小的孩子,非常兴奋。可是,老人家向他伸出手时,他有点害怕,往后缩。我们赶紧鼓励他。很快地,他就习惯和老人家相处了,他甚至给一对八旬老人喂过饭。

对于老人,帅帅更大的意义是给予老人家精神上的慰藉。帅帅一到,每个屋子"爷爷""奶奶"地欢叫过去,那些老人醉心得直央求:再叫一遍!再叫一遍!

帅帅妈妈差不多两周会去一次老人院,照顾老人、陪老人聊聊天。帅帅会给老人捶捶腿,唱唱歌,表演一下幼儿园节目。老人非常开心。所以,如果哪次帅帅没去,老人们就要追问,一个个都要问,那个阿弟呢?怎么没看到?老人们由衷地疼爱他、想念他,他已经是那里最受欢迎的人气偶像。

不只环保,也不只关心老人,妈妈还带着他去同心儿童院。志愿者们去看望那里来自西藏、来自闽西、来自本地的家庭遭遇变故的孩子。志愿者们会帮助孩子们除草啊种菜啊,帅帅也都兴致高涨地参加。

粗养细教是帅帅父母的育儿准则。他们不在意做环保捡垃圾是否脏了孩子,也不介意孤老是否邋遢而反对孩子接近,他们甚至带他参与急难救助。集美一个孩子被车子撞了,一个台风天,妈妈和另一名志愿者去集美看望那个断腿的孩子。她们要完成一个相关调查,实施援助计划。救助钱虽然不多,但她有意让孩子感受的是"心灵的养护"。她们在意对孩子同情心的挖掘和培养。在夜晚寒冷的街头,看到行乞的老人,妈妈会说,你看,这么冷的天,我们出来都冷得要命,可是,那个老奶奶还在外面讨饭。她一定是实在没有办法了。

帅帅就小心翼翼过去送钱。他叫他们乞丐爷爷、乞丐奶奶。在妈妈的引导下,帅帅对于寒冷、饥饿、苦痛、孤单,都有比一般孩童成熟的感受力。有一次,小朋友们淘气,他整个小手掌被铁门夹住了,进退不得,手指被挤压得瞬间变形发暗。小家伙号啕痛哭。后来是消防队员赶到,解救了他。采访时,帅帅对记者强调说,那次是最痛苦最痛苦的哦!这些伤痛,妈妈会引导他对病痛残疾者的痛苦感同身受。夹手事故还有一个收获,帅帅由此树立了一个人生理想,长大要当消防兵,因为"可以(很厉害地)帮助别人"。他的人生理想还有一个,是当警察,因为"当警察可以抓坏人、救小孩"。他也喜欢当义工。问他,你知道义工是什么意思吗?

知道。是去帮助别人。

你做义工累不累?

累呀,练练就好了。下次就不累了。

小家伙还真是不怕累,能练。妈妈说,在瑞景商业广场的一个义卖现场,他竟然能搬动一箱 12 瓶营养快线的饮料箱,搬动 100 多米的距离,他竟然能搬两三次。这么小的一个孩子,有如此惊人的力气,让妈妈感到的是慈善的力量。

在帅帅3岁半多的时候,为玉树赈灾有个"你运动,我捐款"的捐助活动。妈妈带着帅帅参加了,从会展步行到"98"金钥匙路口,5公里走完,即可捐款200元。这个3岁多的小男孩,走到3公里处,摔了一跤,哭了,要妈妈抱。妈妈说,我们必须走到终点,才能帮助到别人。帅帅听明白了,不再吭气,真的走到了5公里的金钥匙处。

前不久,妈妈在一个首饰店里和人谈事,帅帅独自在外面玩耍。忽然,妈妈看到,远远地,小家伙竟然牵扶着一个陌生的老太太从十几米远的地方走了过来。七八十岁的老人拄着拐杖,佝偻着身子,看到帅帅妈妈,连声道谢。妈妈过后问帅帅怎么回事,孩子说,老奶奶的拐杖歪歪的,我过去扶一扶,不要摔倒呀。

妈妈说,那个时刻,我真是感动,这是他独立做的善事了。本来,我相信他在外面会尊敬老人,会嘴巴甜甜地问候,我没有想到,他已经能够自己出手去帮助人了。

帅帅妈妈的人生理想,一个是开办幼儿园,一个是当义工。她的理想都实现了。她说,现在我丈夫在做事业,我因为嗓子手术,不再从事幼儿工作。我有很多的时间去做义工。当时,我想,这是付出,我在付出。没有想到,结果却变成了收获。这个不仅是我个人的成长,更是儿子的成长。真太欣慰了。孩子不仅在志愿者活动中很努力,也很会照顾身边的人。在我们日常生活中,比如,看到我提的东西多,他总是喊,妈妈我来,我帮你拿包。看到爸爸扫地,也是,爸爸我来。他觉得爸爸很辛苦。在朋友家,他自己吃了零食,余下果皮什么的,会说,阿姨你给我抹布,我把桌子清理一下。

妈妈说,平心而论,我小的时候,没有他这么体贴他人。

帅帅对采访很没有耐心。几次想拉妈妈走人,最后被小饼干留住。记者问他,你最喜欢的玩具是奥特曼吗?他毫不犹豫地点头。

那你现在有几个了?

他说,一个都没有。

妈妈笑,说,是的,他真的一个都没有。

身高一米二的白马王子

一米二多的迎宾员月亮泉,手持对讲机,站在饭店门口履职的时候,进出顾客无不惊奇:哪家小孩来玩的?月亮泉童声清脆、稚态可掬。有人忍不住拍摸他的脸和头,低龄小童对他更是一见如故。一个小女孩说,我在厦大幼儿园中班,你在哪个幼儿园?一个男孩子惊叹:哇!你这么小就上班啦?!你跑出来,爸爸妈妈不找你吗?

而月亮泉,却是个19岁的大小伙子。

一年前,毕业于宁夏固原民族职业技术学院的月亮泉,和他电子专业的8名同学,一起被南方老板招到南方,开始了餐饮职业生涯。这名颇有胆识的南方老板马龙先生说,第一眼看到他,我根本不知道我能怎么用他。可是,他的老师极力推荐他,说,别看他这么小,但成绩优秀,在学校是个核心人物。来反映问题,都是他带队,完了,他一挥手,学生就全跟着走了。马龙也发现,七八个同学里,就他敢提问。而老师说,之前一个电子厂招人,没有要他。南方老板听了,决心聘用月亮泉。他信任了月亮泉那双机灵的眼睛。

来南方没有多久,月亮泉的凝聚力、责任感和出色的应变处置能力,就让南方老板享受到自己慧眼识人的成就感了。现在,只要月亮泉休息不在岗,进出的熟客几乎都要问,那个"小白马王子"呢?或者,"小帅哥"今天怎没看见?

这个永远定格在六七岁的"小白马王子",祸根源自一场严重的感冒,一个乡村年轻医生的失误。十几年过去了,他的同学都长成了青春汉子,只有他,一直保持着一个7岁男孩的模样,无论骨骼、皮肤还是嗓音。唯一让人怀疑他年龄的,是他成熟的眼神、果决洒脱的语气。

南方老板马龙的聘用,扫除了月亮泉唯一的、说来绝望的隐忧。随着年龄的增大,随着毕业的日子临近,月亮泉有惶恐和不安。他不能肯定社会能接纳他,他究竟能否养活自己。这是他最为黑暗的沮丧。但是,南方的岗位,使他自信地确认了自己的社会价值。马龙对他说,好好干吧,我们会好好培养你的,请相信你自己的价值。

月亮泉的工作主要是迎宾、接待、斡旋宾主关系。看起来简单,却是一个酒家的第一名片。所有的顾客,一见到穿着特制小号制服的他,统一的反应就是惊奇,谁也不信他有19岁。很多人要看身份证,他只好随身带着;很多女客好奇兴奋,问题不断,开心之余,还讨要月亮泉的电话。月亮泉则感到包容和友善。他说,很多客人看我小,就很想帮我适应社会,他们会邀请我到包厢认识更多人。有位王大哥,知道我爱唱歌、能说笑话、会变魔术,每次来,总请我到包厢表演。大家都待我非常友好。我想,是我的外形,让他们想到自己的孩子。

在电子专业学习中,月亮泉从来没有想到自己会到遥远的南方从事餐饮,没有想到每月还能寄给妈妈1000元,更没有想到,他有这么高的人气。每天,都有很多人友好地向他致意,几乎每天,都会有顾客请求和他合影留念,最多的时候,一大车游客过来,半天里,他会应邀和几十个陌生人欢乐合影。

恐怕再没有哪个普通迎宾员,会被那么多人友好地索要电话;也没有哪个迎宾员像月亮泉一样不时接到陌生的求助电话。月亮泉自己有点困惑,更多的是被信任的感动。打来的电话,有时已是夜里十一二点,一般都是女性。她们向他倾诉各种烦恼,寻求解决办法。有个高中女生,因为没有考上父母期望的好大学,万念俱灰,内疚之下想自杀。月亮泉想不出她是哪一天的客人,也不知道女孩子为什么要把电话打给他。他感到了她的无助和对他的信任。借着她的信任,月亮泉慢慢开导她,直到女孩情绪好转后放了电话。

有一次深夜,月亮泉已经入睡,一个莫名的女子打来电话,说,我是不是打扰了你睡觉?月亮泉说,没事,我已经被你打扰了。你说吧,我听着。女子诉说了她在两个都爱的前后男友之间的痛苦煎熬。她问月亮泉,我该跟谁走?月亮泉没有谈过恋爱,但女子这样掏心掏肺的倾诉,他只能凭借自己的阅读经验和女子介绍的情况来认真开导女子。最后女子听从他的建议,做出了抉择,确定和初恋男友走。

更多的时候,她们就是把月亮泉当成最安全、最可靠的倾诉对象。

月亮泉说,小孩模样,让人们非常放松。

现在的人,压力太大,可能很需要这种心灵的松弛。但事情肯定不止这么简单。这个19岁的小伙子,虽然只买半价的火车票就到了南方;虽然拿着大点的手机,你会担心手机会从他小手里滑落;虽然他外形稚嫩,只能买童衣童鞋,但是,正是这样的童真形象,唤起了人们的美好情感。这个美好情感,不止同情,不止呵护感保护欲,更多的是对一种单纯、洁净、诚实的联想和延伸,是人们对纯真干净境界的认可、向往和信赖。而这个装在六七岁儿童外壳里的人,正好拥有慷慨的、热情的、有责任感的19岁小伙子的成熟灵魂。

当年很多乡亲,让月亮泉家人去找误诊医生索赔。月亮泉家人放弃了。医生看到他们家人就羞愧闪身。月亮泉说,我妈妈很宽厚,她说,即使他赔了我,也不可能换来我的正常身高。而现在,这名医生已经成为那里很好的医生。我想这样就很好了。

他的宁夏同学、现在的同事马永琴说,我们在学校第一次见到他的时候,和你们的反应一样,但是,接触下来,就感到他比一般人成熟,骨子里非常有男子气。从学校到南方工作,他一直都是我们的老大,是我们的主心骨。我们习惯依赖他,同学同事之间矛盾化解、工作家事烦恼,都要他帮我们处理。一个女同学来南方不久,因为环境不适应,家里又出了点事,情绪很不好,不想干了。月亮泉说,我们这么远来这一趟不容易,刚出学校,社会经验少,大家互相照应一起学习,你辞职乱跑,我们不放心,你家里人也会担心的。这名女同学最后留了下来,现在她干得非常好。我们每人,每个月也都往家里寄不少钱。

月亮泉说,他一提水,一拖地,大家都过来抢着替他做,生活、工作中,他得到很多人的照顾帮助。可是马永琴说,哪里,倒是他常常照顾我们,还经常给我们讲笑话、变魔术,请我们吃饭、唱歌。

记者问月亮泉,如果让你选择,你现在是愿意和常人一样高大,还是保持原状?

月亮泉笑了笑,还是就这样吧。人大了,烦恼就多了。人小,别人总是给你最好的那一面。我感到满足。

每天,月亮泉的生活节奏是这样的:8点多起床,外出跑步几百米,然后洗澡、吃饭,准备上班。遇到休息,月亮泉就去书店,他喜欢看餐饮服务业方面的书,最近他在研读《饭店吸引客人的细节》。

在店里,电子专业出身的月亮泉经常兼职维修电器。现在,月亮泉有两个理想:一是做餐饮老板,二是进入演艺界当明星。月亮泉为我们唱了一首歌:《我是一只小小鸟》。虽然童音,但唱得很激越。他说,我就是这样一只小小小小鸟,我永远都不可能变成大鸟、大象。

月亮泉心目中的女朋友是怎么样的?

月亮泉说,纯洁的、善良的。希望她爱我这个人,而不是钱,不是其他。不过,月亮泉说,我现在不谈这事,我要把全部的精力放在事业上。

"推车哥"真实的脸

很多人想看到那一张脸。

在中国,估计从来没有一个警察,会被市民"偷拍"上网,更没有一个警察的"工作照",能把网络群情飓风般旋起,热力四射。两三周的时间里,南方"推车哥"帮百姓推汽车的照片,被点击了4万多次,留言900多条。

人们看不到他的脸。照片上,一名交警脸朝地面、两臂前伸,九十度折身在奋力推一辆暗色汽车。尽管人们看不清这名警察的脸,但已为之沸腾。

事情发生在4月23日。网友水凝在网上传了一张照片,在帖子里说,这是在文灶汇丰家园路口,正值上班高峰,一辆车半路抛锚,为不影响交通,一名年轻交警弯下腰来努力推起车。经过的司机都忍不住向这名交警致敬,这还真是感人。

1小时内,网友的跟帖留言超过了50条。两天后,网友留言已经超过15页。

后来,这名交警知道自己忽然在网上"大火",他也上网看了一圈,他很意外,留了一句话:"平常人做平常事。"而暗色汽车车主小林,一直不知道自己的车和帮他推车的交警,已经成了南方网点击量很高的画面。等记者找到他,他证实了事情经过,说,是有这么回事。那交警温和果断,一听我说没油抛锚,立刻说,来,你控制好方向,我帮你推。

因为时间太短,推了100多米到相对僻静处,交警就走了。小林说他不记得那个警察的脸了,但心里很感动。

要认出一个着警服、戴着墨镜的警察是有点难。6月6日,烈日下,在嘉禾路亚珠餐厅门前,两车相剐,一辆越野车右后轮被剐坏,而驾驶者不会更换轮胎。处置警察便为他换轮胎。因为操作不便,他摘了警帽,但依然戴着墨镜。十来分钟后换好轮胎。车主非常感激,路人也驻足赞叹。但是,墨镜后面的警察真颜谁也看不清。当然,没人想得到,他正是"推车哥"。

去年10月,一名六旬驾车人一再致电思明交警大队,要求表扬一名帮助他处理爆胎更换车轮的"好警官"。执行公务的交警,模样看起来都差不多。大队一查,又是那位后来被网民热议的"推车哥"。对"推车哥"来说,路遇麻烦,顺手帮助是很正常的。

还有一天,一名女子把车辆开上路基卡在上面下不来。她焦急万分,因为要赶回家中给宝宝喂奶。两名交警发现后,一起用千斤顶帮她把车子顶起,再帮她把车子弄下路沿石。这名女子肯定不知道,她比任何人更早邂逅了"推车哥"。

"推车哥"留给了市民一个个温暖的背影。网民水凝定格了一个好警察奋力助人的感人一瞬。那么,"推车哥"到底是谁?他的真实形象有谁知道?

在交警梧村中队一见到"推车哥",有点意外。这个叫"松风入怀"的交警,肤色比一般交警浅。但他温和恬静的目光,让人感到这就是那个推车哥。松风入怀笑着说自己晒不黑,很吃亏。队友证实他休假时是驴友,总爱爬山,真是晒不黑。说到"推车",他更不以为意,说,交警的职业病是怕道路堵车,遇到车辆受阻,上前帮助很正常。因为两三分钟没化解掉,整条路马上就堵了,可能就要花一两个小时去疏通。这种推车事,他的许多同事也都有这样的经历,有的还站在水里推,只是没有被人拍下传上网罢了。说来神奇,被水凝拍下上传的那辆车,其实当日经历了两次交警推车。第一次就是"推车哥",他独力推了100多米;第二次是推车哥的同事黄某和某协警。当时,因为有警卫任务,黄警官担心车辆影响支路右转车,便和协警一起,又帮忙把车辆推了几十米。这两路交警,彼此互相不知,推完也没交流。这一节,得到了车主林先生的证实,他说,第一次是一个交警。推完他走,我拿了油桶去买汽油,又来了一名骑摩托的交警,他说再往前面走一些。他当时和一名协警一起推我的车。

网络上有个别声音认为,帮人推车、换轮胎什么的,是警察应该做的。这声音一出,立刻遭遇网友批评和唾骂。梧村中队负责人张晓东说,我们在路上助人,是职责使然。我们不愿意看到大堵车。遇到故障抛锚车,按规定,交警应设置反光锥或提醒驾驶者,在安全距离里摆放三角故障牌。但推车、换轮胎等,并不是交警法定的责任和义务。

松风入怀说,倒是网民的热情反应让我感动。一点平常小事,得到他们这么肯定、赞叹,这个回报太大了。

那么,为什么"一点平常小事",百姓会热捧成这样呢?是不是太珍贵了?

松风入怀笑说,管理者的形象总是不讨喜的,尤其是我们又是管好人的。再说,推车、换轮胎这种情况不是经常发生,发生了未必有人看到,看到了未必有人正好拍下,又有互联网支持上传。所以,各种机缘巧合,让大家的目光和感受集中起来了。

900多条留言里,松风入怀本人的留言只有一条,那就是"平常人做平常事"。他始终没说自己就是"推车哥",他也始终不觉得这事有多么了不起。松风入怀的散淡平静,并没有让了解他个性的同事伙伴诧异,但是,采访中,当大家发现松风入怀从2004年至今已经无偿献血22200毫升,都震撼无语了。

大家是无意中聊起这话题的。2004年至2005年,松风入怀获全国无偿献血银奖;2006年至2007年获得全国无偿献血奉献奖金奖。七八年间,单位没有一个人知道他已经献了2万多毫升的血,相当于全身血液献了4遍。现在他献的是成分血。成分血献起来,稍微麻烦一点,他献了十几次。每次献血小板1600毫升。松风入怀说,一般要近一个小时。需要把献血人的血抽到一个离心装置里,把血小板析出,再把剩血送回献血人的血管内。献成分血有时嘴有点发麻,医务人员会给他们服用钙片。服用了钙片就好了。松风入怀说,这么多年来,我的感受是,献血是件利人利己的事,献血让我自己心情好、身体也好。看到自己有生命的东西,在别人身上延续,切实帮助到需要帮助的人,我感到自己生命的价值,感到生活的美好。

成分血一献就需要一个多小时,那不是要向单位请假?为什么这么多年来,大家都不知道你在献血?

松风入怀说,我都是午休时间过去的。不影响上班。

记者说,如果哪一天,你正好献完一个小时的1600毫升的成分血,忽然遇上路中有车抛锚,那么,你还有力气推车吗?

松风入怀大笑,说,我还没有遇上。应该没有问题。

那位被"推车哥"帮助把车推了100多米的车主林先生,知道"推车哥"情况后,脱口而出说,我也要去献血!我早都想去献血了,就是不知道怎么献。

是南方交警幸运,遇上了水凝,还是南方网民幸运,邂逅到"推车哥"?

是谁温暖了谁?让我们看看网络上的一段原帖及原声吧:

这是早上在文灶汇丰家园的那个路口拍到的。这里上下班一般都会有些拥挤。有一辆车坏掉了,为了不影响交通秩序,年轻的交警叔叔也没怎么犹豫,就弯下腰来努力推起车来,当然还是有一点艰难的,不过虽然推进的速度有点缓慢,但还是保障了交通的畅通,所以经过的司机都忍不住向这位交警叔叔致敬,这还真是感人。

我们偷偷而又景仰地拍下了这个照片,虽然只是个侧影,但是也有伟岸而孤寂的感觉,有没有~~~

所以在这可爱的城市生活着……我……我……我真的感到无比的开心哦!

八年睡在沙滩椅上

西北汉子大碾子是个医院护工。从 2003 年到现在,他的工作就是重病号的生活护理。他对护工的工作很满意,他说,有三点好:一、不累;二、不拖欠工资;三、没有风吹雨淋。虽然大部分的南方夜晚,这个叫大碾子的人,都是睡在小小的沙滩椅上,有时碰到麻烦的病人也十分辛苦,比如遇上一个大肠病人,一日要在床上清理更换 30 次屎尿裤,但是,这都丝毫不影响他对这个职业的满足感。

大碾子说自己脆弱,容易动感情,所以,他看护的病人去世了,他总是很难过。头一次当护工,他就哭了一场。在他看来,那是一个最值得他尊敬的病人。那是 2003 年的春天,他的护工生涯刚刚开始,一个胃癌晚期的海军军官雇用了他。但是,他是个毫无看护经验的新人,没有一点照料病人的技能,对医院情况更是不熟悉,傻乎乎的,只等病人或病人家属指令行事。军官亲属发现他是连点滴都不会看的生手,坚决要解聘他。但是,海军军官不同意,什么工作都是从生手开始的,军官为他说话,甚至说自己就喜欢这个看护。那家人只好留下了他。大碾子非常意外,他说,这么重的病人,这么需要好护工的病人,却还肯要我这么一个什么都不会干的人!8天后,这名海军军官医治无效去世,大碾子难过地哭了一场。这是他护工生涯的启航,也是他第一次为病人而流的眼泪。后来,他见得就多了,他说他送别了几十位去世的病人,临终离别的场面,看了很多,也经常把自己搞得很难过。

他说,大部分人临终都神志迷糊,我觉得他们应该不怎么痛苦,最痛苦的是那种很清醒的人。我照顾过血液科一个淋巴癌晚期的病人。一个大男人,天天哭,说我怕死啊,救我吧,救救我吧!你们救救我吧!我劝他说,你都这把年纪了,可以放心后面的事了。他说,我不想死啊。临死前,他还是很清醒,拉住女儿、媳妇的手舍不得放,一直说,我不想死啊!我不想死啊!我在旁边看得真是难过。但大碾子没有哭,他已经见多临终惜别了。在他心里,最难忘的是那个海军军官。他问记者,我是不是太敏感了?

大碾子"炒掉"过一个医院,就因为他无法忍受一个医生的渎职行为。

那是2004年,他在那个并不大的医院,看护一个湖南籍的病人。病人心脏和肝脏都有问题,住肝科病房。这是个知识分子家庭,上上下下对大碾子很客气。他们甚至反对他穿护工制服,说,穿便服,你才像我们自己家的人。大碾子非常感动。他说,我非常非常感动,你理解吗?他们是把我当自己人啊!几天后的一个傍晚,病人突然心跳加快,呼吸异常。正值下班时间,肝科医护人员认为需要心脏科医生过来,他们没办法。不知院方内部怎么协调的,反正就是没人接手处理。病人家属焦急万分,却又不熟悉医院,大碾子便自告奋勇站出来,跑上楼去找心脏科负责人。正要下班的负责人,一句话就把他挡回去了:有会诊单吗?没有会诊单,怎么去?我要下班了。

大碾子急了,他知道会诊单开来开去,要花不少时间。他说,来不及啊,医生,他人快不行了!但那医生还是要会诊单,要不就要下班。大碾子说,我差一点点跪下来了,眼泪都快急出来了,我求他破例一次,跟我下楼去看一眼,就看一眼。可是,那心脏科负责人还是走了,他要下班去吃饭。我知道我一个护工,算什么啊!他可以看不起我,可是,怎么病人的生命也这么一钱不值呢!那天,那个病人死了,就死于心肌梗死。大碾子说,如果那个医生肯跟我下楼,去看看那个病人,那他肯定不会死。

大碾子生那个医院那个医生的气。他无比失望,说,后来,我再也不去那个医院了。辗转医院谋生的大碾子,说的不知真假,但他的个性可见一斑。

大碾子一度是个新闻人物,是个事件的新闻主角。他因为"死去一个半小时"为廖崇先教授所救,成为新闻核心。

那是2006年,他在中山医院老年科看护一个植物人。不知什么原因,他说自己突然"死过去"了。再醒来,已经是4天之后。原来,当日7点多,一名工友扫地到病房,忽然发现昏迷在地的大碾子。发现时他呼吸已经停止,医生帮助他做心肺复苏,有医生判定他已经没救了。正在这时,一个心脏外科的医生过来为太太请假,见此情景,立刻告知廖崇先教授。廖教授过来了。大碾子撩起衣服,给我们看胸口的刀疤,说,你看,廖教授马上把我这划开,用戴着手套的手指,点压了一下我的心脏,我的心脏立刻就开始跳动了。

弧形刀口赫然在目,简直是一个传奇。大碾子住了12天的院,花了7028元,康复了。他说,我重新回到岗位的那天,你不知道,护士们都围过来了,问长问短,我太感动了。那一次死去活来的经历,让大碾子非常感慨。他说,生命太可贵了,任何事情都没有生命重要。他甚至自我引申,说,因为我有这样的经历和认识,因为我要回报廖医生,回报中山医院,所以,我是个有素质的护工。

说到素质,大碾子显得有点自负。他坚信自己比一般护工素质高。我有技术,他说,比如,病人呼吸急促,我就会想,是心闷引起,还是憋尿,还是呼吸道不好;我有文化,爱看杂志报纸,我陪病人聊天,也有水平;很多护工都是想多拿钱、少干活,我就不一样,我有很强的责任心,我会给护理的病人按摩、翻身,我还会主动帮助别的病人倒水、铺床单,他们家人手不够的时候,带他去检查——不过,这一般是要收费的。

大碾子说他最讨厌老资格、老干部,因为他碰到好几个都是动不动教训人的,那些家属张口闭口总说,我们是打江山的,口气很大,太让人不舒服了;他说他最喜欢知识分子,老教授最有礼貌。大碾子说,我喜欢赚富人的钱。穷人我会替他省,比如一包纸巾够了,我就不买两包。富人我就不理他。我不赚他们的赚谁的?有个瘫痪病人,家里有十几个店面,儿子都开着工厂。我就要价高一点。一天140元。他老婆后来找我,说你怎么比别人贵啊。我说,因为我值这个价!你们家病人也值这个价!对方便把他辞了,说,小章啊,我先自己照顾吧。实在不行,我们再请你啊。大碾子说,我再来就要再加价了!你要知道,找护工可比找媳妇还难的!

看来大碾子真是个比较"跩"的护工。

问他成天吃睡在医院,尤其是传染病病房,有没有害怕被传染?

他说,健康的身体是不怕传染病的!

帅小伙子领舞一群老太太

老年大学的一群老太太创造了一个奇迹。在50多天的时间里,她们完成了一台几乎"专业水准"的舞蹈晚会。外人难以想象,这群退休老太太的身后,有一个帅小伙子的专业身影,这个人,才是奇迹的缔造者。

他就是毕业于北京舞蹈学院(以下简称"北舞")的高才生——雁南飞。

老太太们说,就是这个"坏脾气"的舞蹈老师,把她们逼向了成功。

刚退休的王小平女士,虽然身材显得年轻、五官清秀,可是,从来没有舞蹈基础的她,跪下去就直不起腰,跳舞并不是件容易的事。其实,这群五六十岁、最大年龄近70岁的老太太,比她好不到哪里去,她们大都没学过舞蹈。但她们用护腰、护膝,帮扶着老骨头起舞。使用护膝后,王小平膝盖舒适了一些。随着训练的加深,她感到腰腿身子骨反而状况更好了。我们感谢徐老师(即雁南飞),她说,舞蹈,让我们有活力,让我们感到生命品质的提升。她说了一个雁南飞的故事。在说故事之前,她自己概括了对小徐老师的三点看法:一、非常帅,阳刚爱微笑;二、脾气坏,毫不留情;三、一个唯美的、非常有追求的敬业者。

她说,他脾气很坏,对我们这些老太太一点面子都不讲。这说的是她们排练舞蹈《春天》的故事。《春天》7月6日要公演,但是,已经6月底了,她们的节目依然不成型。任小徐老师怎么指导、怎么调教,有一些老太就是不得要领,动作就是达不到要求。那天近中午,小伙子突然大爆发了,他冲过去,对着四个老太太怒吼:你!你!你!你!——不要排了!——你们走!

20多名老太太呆若木鸡,不呆的也噤若寒蝉。

小伙子拂袖而去。几个老太太难过得掉下眼泪。被点名的一个大妈追了出去,叫住小伙子,说,徐老师,你千万别生气哦,生气对身体不好……我知道你是着急才发火的,中午你一定要吃饭啊……大妈边说边抹眼泪,雁南飞站住了。他余怒未消,心情复杂。说什么呢,这些有阅历的老太太,其实什么都明白,什么都理解。雁南飞有点不好意思了,但他并没有回到排练厅。已经是中午了。他还是走了。等他午休后,回到工作场,意外发现,这群老太太没有一个离去,她们居然还在排练,都没有吃饭,每个人都放弃了午休,她们是豁出老命拼了!

7月6日,在南方艺术剧院,以这台舞蹈为主的晚会上,小徐老师的学生——这帮舞蹈的小老太太,获得了极大的成功。整整憋了两个月的能量,整整两个月的委屈、伤痛、艰辛,都化为一丝不苟的集体绽放,没有一个人动作变形,没有一个人失误,老太太们简直是出神入化地完成了专业展现。节目结束,掌声雷动。大幕徐徐落下,她们还一本正经端着身形,等大幕完全落下,这群享受到自己卓越表现的老太太,顿时忘形沸腾了。她们的舞蹈总监——小徐老师大步奔上舞台,张臂热烈地拥抱了他的这帮小老太太。

这是个奇迹,也是个困惑。一个多次夺得国家舞蹈大奖、鹏程万里的高才生,为什么和一群老太太厮混在一起?她们能实现他的什么专业理想?采访完雁南飞,我们心里隐隐感动。

2001年,雁南飞毕业于北舞舞蹈理论专业。这个一直拿一等奖学金的优等生,在学校始终保持着文化课、专业课拔尖状态。毕业前夕,学院几个部门的老师找他谈话,希望他考虑留校。但是,一个他敬重的退休教授、他视为最具前瞻性的艺术家,邀请他来南方发展。雁南飞说,两个因素使我选择南方。一是想出成绩。在高手云集的京城,在舞蹈精英荟萃的北舞,他一个小年轻,要出成果不容易。二是舞蹈信念。他相信并追求普及教育的意义。教育应当普及,艺术教育也如此。舞蹈教育,在中国普及,更具有实践性意义。他来到南方职业演艺学院任教,来到他导师的旗下。

果然,在南方,雁南飞出手不凡。2004年,雁南飞在全国舞蹈专业大赛"桃林杯"获得优秀表演奖、优秀创作奖。之后,他开始了让北舞很多同学难以望其项背、无比羡慕的获奖历程。2010年,他带领他的学生,用他原创的节目,半年之内连续参加四项比赛,直至获得中国舞蹈最高奖"荷花奖"。后来又参加了韩国首尔举办的世界青少年音乐舞蹈节,获得金奖、表演最高奖。一时风靡韩国。

这次和南方老年大学舞蹈队的合作,是个两个月的项目。实际上,他不仅教老人舞蹈,也在课余教孩子舞蹈。70岁的老人、7岁的孩子,都是他的门外学生。只要有人需要,他有时间就去,从来不问报酬。在雁南飞看来,舞蹈就是生命的表达,他的网名叫"生来为舞"。他相信,人是天性追求完美的,但是,只有在艺术中,才能接近完美、呈现完美。他热爱舞蹈中的生命。他认为,跳舞的本质,就是通过肢体表达内心。普通人用肢体语言对生命的诠释,更加真诚。在他眼里,六七十岁的老人,品尝过生活各种滋味的人,更明白如何在肢体变化中展示情感。从这个意义上说,腰下得多低、腿能抬多高的肢体技术,并非最重要的,重要的永远是你内在的激情。

关于雁南飞老师的坏脾气,他的美女助手骆楠也进了"谗言"。骆楠说,在学校,有一次排练一个节目,有几个女生老是跳不好,徐老师气得把手里的鼓槌摔了出去,砸到七八米远的墙上又弹了起来。不过,这毫不影响他在大家心目中完美的偶像地位。他的粉丝太多太多啦!

雁南飞说自己是个容易动感情的人。他父母在山东,但他大学一毕业就到了南方。有一次排练完,他和老太太们围坐一圈休息,大家聊到母亲节,他说在网上给母亲购买了一份礼物。聊着聊着,他忽然眼圈红了,一下子情绪激动起来。他说,看着身边的退休老太太们,忽然感到身边的她们,其实就是我的妈妈。她们对我太疼爱了。每一次上课,她们都给我带各种好吃的,小点心、咖啡、可乐。我的杯子总是被倒好水,如果我去加水,她们一定会抢过去。有个阿姨给我带我老家的"火烧",一带就是十个! 有一次,我上课时,可能力量过大,颈椎旧伤发作不能动,把她们急的。还有一次上课,我脚崴了,她们也是给我冰敷,立刻打电话叫司机,忙得团团转。

这个内心感觉,雁南飞在庆功宴上说出来了。当时,一个被他吼过"你! 你! 你! 你!"的老太太,端着酒杯到他身边,说,徐老师,难为你了。我们这些基础这么差的人,真的让你很费心……老太太说着说着,眼里含着泪水。雁南飞说,别这么说,我也请你们原谅我,我对你们吼了,凶了,态度不好,你们就当我是你们的儿子,原谅我吧!

这么一说,老太太更是泪如泉涌,雁南飞连忙帮她擦去眼泪,说,别哭了,别哭了。

雁南飞高举酒杯,环顾他所有的老学生,说,来吧,你们不仅是我的学生,更是我的长辈,你们就像我妈妈一样,你们是我的朋友!认识你们,是我最大的收获!干杯吧,妈妈们!干杯!

滨北,有个神奇的引车保安

全南方,没有一个引导停车的保安,像他这么激情洋溢,看他指挥停车,几乎是一种艺术享受;全南方,也没有一个保安,因为引导车辆绝佳,得到了许多驾驶者的礼遇与感谢,甚至百元小费。酒家外引导停车,不过是他每日半天的兼职,但这个叫江南天的酒店保安,把它开发成了指挥艺术。

他的引导动作夸张、热烈,有点幽默诙谐,但非常专注;他的指挥节奏,随着障碍物的远近或紧急程度的高低,或急遽,或舒缓,或张扬克制,变化多端;他的手势、身形、表情,活灵活现地翻译了车辆外在的情况,驾驶者只要盯着他,前后左右就一目了然了。我们采访的时候,一个白发披肩的老外,在他的指挥下,把车辆顺利开出来。也许,老外并没有领教江南天的高超,开始,车上的两名女士还下车来帮助引导。但显然,江南天的手势是无国界的。遗憾那个车位,似乎无须江南天打出更复杂生动的手势。

有位女士,多次领略和享受到江南天的车辆指挥艺术后,有次竟欣然送上百元小费。江南天吓得连连谢绝,女士就是给定他了。说起小费,江南天倒也不是第一次收,三五十的,也收过多次,但一出手就百元,他还是很惶恐。他说,我这算什么,不就是帮她倒倒车嘛。可是,人家执意要给。江南天不懂,多少女人视停车为畏途啊。一名开宝马的女士,一下车就跑到江南天面前,说,你太棒了!没有你,我根本倒不进去!

第一次感受江南天停放车辆的指挥艺术,程女士和车内的朋友,都亢奋得下来直冲江南天竖大拇指,笑。和一般停车场动作、口令简约的引导员天差地别的是,江南天每一个动作都是放大的、强烈的。程女士说,她后退左转不利的时候,看到江南天右胳膊抡得像个大风车,左手还在辅助示意车身方向;在调整车身位置时,她看到江南天勾起脖子、全神贯注地打出轻微的手势,传达出小心翼翼的信息。餐毕,归程是老手老刘驶离。出离车位时,更绝了,引导者江南天先对驾手刘先生打了一个左拐的手势,然后像儿童滚铁圈一样,一手指地,猫腰疾走,把车辆应当离位路线,演示了一遍。江南天做得专注严肃,整车人在里面笑翻了,但资深驾手刘先生明白,这个停车位先天狭小局促,坐在驾驶位的司机确实不好掌控角度,所以,引导员江南天不惜身手,展示一条最佳线路。

车辆没有顺势离去,而是停了下来,车窗玻璃按下,刘先生对江南天由衷地伸出大拇指,里面的人很兴奋:师傅你会开车吧?你太牛啦!江南天摇头。一车人热烈地跟江南天道谢、道别。江南天挥挥手。他早已是见惯不惊、不以为意。这是他的本分。这场地,条件不好,每年都有车辆在停放出离时被剐擦。指挥详尽点,是应该的。在滨北这家餐馆工作6年多,每个班次迎来送往多少车,他自己也数不清,得到多少驾驶者专门的停留、衷心的致谢,他也数不清。相当多的司机,为这个特别保安额外停车致谢。有个接送老板走南闯北的专职司机,接受完江南天的引导,对他说,我从来没有看到像你这么好技术的引导员!

有个司机感叹,你是南方最好的!

还有一位驾驶员说,整个福建省,我都没有碰到比你更好的保安了!你应该去当教练,你比教练还好!

面对这些激烈赞誉,江南天悻悻然。一、他压根不会开车。他也老了,他说,再爱车有什么用,就像你没牙了看了甘蔗也吃不动。二、他梦想有更大的千辆停车场供他施展,眼下这停车场太小了。再说,江南天说,我又不是单单这个好,我做什么都好!以前我在老家插秧,那插得像格子一样,又快又好!人家都来看我插!佩服我啊!反正我做什么,就是用心。这个停车场,我刚来的时候也指挥不好,但是,我慢慢研究地形,琢磨汽车来去的方向。你看,这一带都有花圃方方的围子,位置很不好,车辆进出太窄,顾头难顾尾,稍微不注意就被剐了。我就要认真琢磨好线路、车辆大小。江南天指着地面花砖图案,说,这地面都是记号,比如,我现在一看车头到这个蓝绿色的砖线,就知道它屁股不会撞。

6年过去了,江南天研究透了小小停车场的每一块砖、每一条关键线。这里,就像他的才艺舞台,我的地盘我做主,他在这里出神入化地下达命令,表达自信、果决。他就像一个交响乐指挥,纵情恣肆。这个饮食街路边的所有停车场,除江南天辖区外,几乎都有车辆进出发生的剐碰事件,有的是车手太菜听不懂保安指挥,有的是保安手语不当,造成驾驶人误会。这样的事情,年年有,但在江南天这里从不会发生。江南天就这么牛。

隔壁酒家青年老板溜达过来,一听晚报采访,他连声夸奖江南天,说他引导车辆技术真是厉害!高人!江南天还是那副宠辱不惊的表情,说,认真就是了。

说到江南天的认真,领班老白说了几个小故事。

有一次,有个男人来泊车,可能是自尊心特别强,偏偏车技很糟糕,江南天也算有指挥"千军万马"的阅历,指挥那个男人来来去去总不到位,不由心生烦躁。见那驾驶者一直不得要领,江南天就出言不太逊了。本来就感到保安咋咋呼呼、手势夸张激烈而很伤自尊的司机,被江南天一激,也狗急跳墙了,大吼:我停车关你什么事!江南天就是瞧不起他。这股怒气,直到进店吃饭,那驾驶者还没消退。他愤愤地对现场领班老白抱怨说:你这保安,怎么可以这样?!

有一天,两个客人把车停到江南天的领地,却到隔壁店家吃饭。江南天撵了过去,说,我们的车位是为我们店的客人准备的,你要是到别处用餐,就请你停在别人那儿。不然,我们的客人来了怎么办?对方说,随便停嘛。江南天坚守规定,两个客人禁不住他的顽强尽责,只好折身,把用餐地改到他们家。江南天这才满意。不是人人都听江南天的,有时也碰到难缠的主,就是乱停,这让认真的江南天耿耿于怀,但也无可奈何。

他说,这些乱停车的一下来,我说,请问你在哪家用餐?他说,你还管我在哪儿吃饭?这地是你的?!我跟他解释,他很不耐烦,说你再啰唆我揍你!有一次,有个男人下来,一听我问在哪儿就餐,他指着他的车骂:我是哪里的,你看看清楚!我说,部队也要讲道理啊。他根本不理我。吃完饭出来,他还在车辆四周看了一遍,怕我搞坏他的车。对这种自以为了不起的人,是有人放他的胎气,放钉子,或者剐他的车。但我从来不干。有话就当面说。我不跟人家来阴的。

江南天的认真,也救了他的饭碗。有一次,他跟他的韩国老板干了一架。

领班老白说,那一天,江南天迟到了。董事长正好看到,就批评了他。江南天当时也认了。可是,转而他又不服了,觉得自己一贯表现很好,从来不迟到,偶然一次就这样批我?不服。董事长也不客气。江南天忽然就火大了,情急之中骂了一句粗话。只能听懂一半中国话的韩国老板听不懂,问主任什么意思。一听是粗话,董事长火冒三丈:你有错在先,怎么还这么不尊重人?!明天不要来上班了!

走就走!江南天气呼呼离去。

强硬的韩国人,遭遇了强硬的中国人,虽然这个中国人地位卑微。韩国老板很快冷静下来,他找来中层,说,这个人我看重他的就是认真。我欣赏他的能力,欣赏他的性格。你们帮我把他找回来吧。

所以,江南天依然在岗位上,在大门外,不卑不亢地指挥着他的车。

被老板"通缉"的女电梯工

这不是警方的"通缉",只是"民间行动",但是,它的寻找力度和求人心切的程度,并不亚于警方通缉令。它通过电话、传真、信件、医保卡追踪,甚至动用媒体的方式,苦苦追寻一名普通女员工归队。是什么让一个大企业如此求人若渴,是什么让一个企业老板上下寻觅?这个人,不过是一名50多岁的电梯工,一个叫兰小兰的女工。

这个急切的寻找,发生在兰小兰请假3个月后。兰小兰不知道身后的这一切。她在江西老家乡下。

今年8月6日,老家小儿子打来急电,说外婆垂危。一听母亲病危,兰小兰连忙请假赶上回老家的火车。儿子焦急痛苦的语气,让她一路担心已经见不到母亲了。没料到,母亲还在,但情况很糟,身上多处大疮腐烂,又因为尿不出,大便艰难,老人已经拒绝进食求死。兰小兰回来了,老人开始还执拗,但终于禁不住独生女儿的威胁性诱劝:你想死,我们就一起死!

兰小兰全力扑在母亲的救治中,曾发给南方公司一个延假传真,说需要续假到8月31日,传真上还有一句:我爱天能。这就是兰小兰留给公司的最后一个音讯。对公司而言,随后,她就彻底消失了。而兰小兰在医院救治陪护母亲,延续的假期也早已期满。母亲、儿子都不希望她回南方,儿子说,你要是再走,过年我们就没有外婆了! 兰小兰心里也放心不下虚弱的母亲,而自己的严重超假,也让她无法再开口续假。让她愧疚的是,公司一直没有扣她的合同保证金。也确实是不好意思再回去了。她想了想,算了,就在江西老家陪母亲吧。她换掉了南方电话,在当地一家酒店做了清洁工。

如果不是再次回到南方,兰小兰永远也想不到,在南方公司,会有那么多的同事记挂着她,她的老板竟然花那么大的代价在寻找她。如果她不回来,这一切都会覆盖在历史深处。谁能想到,一个平凡岗位的普通女工,竟然成为一个单位几乎所有人的牵挂和美好的回忆。老板吴惠芳说,每天,我一进电梯,就想念她的样子;一名中层职员说,她会蹲在地上用钢丝球洗地,那是公共卫生区。

用吴总的话来说,一个员工能把普通的事做得这么好,在浮躁的今天,简直就是伟大。

2006年已经年近50岁的兰小兰,模样很普通。她是经过专业培训、持证上岗的货梯电梯工。2006—2011年,她在天能公司干了5年。看上去简单的工作,如何干得安全、省电、楼层进出合理稳妥,也是一门学问。天能公司的货梯,一小时有几十趟货物、配料进出,平均一两分钟就有人输送货物上下。兰小兰觉得自己很普通,她只是在他人进出电梯的时候,习惯地帮上一把,扶护一下,因为电梯门口边缘不到平整位置,可能会颠翻货物。之前,在另一家公司,一个刚上班的小伙子,推着一车显像管用玻璃进电梯,兰小兰喊他小心,话音未落,整车玻璃倾倒损坏。公司一下子损失几千元,小伙子被开掉走人。兰小兰说,我看了很难过。其实,不管是老板,还是打工的,大家都不容易。我能帮护的,就尽量帮上一把。

说起来,兰小兰就是这样的微风细雨。

在电梯里,她细心呵护所有人和货进出安全,使他们宾至如归;空闲时间,她就在电梯里的小台子上帮流水线员工抄写出品"标识牌"(成品外箱贴用),一张卡片一二十个字,什么名称、什么规格,她一天能写400张,一本100张卡片,她帮写4本——平时,员工们练功比赛,半小时写一本,兰小兰边开电梯,边逮着空隙写,差不多一个多小时写一本。

这都是岗位之外的助人为乐,无偿的。还有,她为电子元件焊接岗位松解锡丝。原配的锡球很紧实,而且是并线的,如果把并线拆开为二,而且松开锡球,那么焊接岗位的员工,操作起来就会轻松得多。因此,他们都会事先做"分球"工作。"分球"并不容易,拆分一下手就会疼痛起泡。但是,守在电梯里的兰小兰成了志愿者。一个锡球一公斤,她一天能帮大家拆几公斤。

还有"手指套",也是其他岗位上的一个防尘工序,是在元件上护套以避免操作时的尘污。她一天能帮大家套1000多个"手指套"。

这个志愿者闲不住,5年来,她每天提早半小时来上班。因为她喜欢整洁,她在清洁地板。这个清洁范围并非她自己的责任辖区,不是她分内的一亩三分地,而是1—4楼的所有公共通道,她自发自愿,干得开心满足。

最闲的时候,她在电梯里抄写生活小常识,如应对感冒、牙疼、胃疼等疾患的小诀窍,这些小纸片,积累着,随时分赠给正好需要的同事们。

就是这样体恤他人的微风细雨,就是这样日复一日的轻涟,细细荡漾在同事们的眼里、心上。等到8月初,这个女工突然离去,一连三个月不见影踪。等到新电梯工继任,大家不约而同地、对比性地想念起那个年过50岁的兰大姐。不知情的员工们彼此询问,阿姨去哪里了,怎么还不来呢? 知情的中高层人员,一直在绝不放弃的寻找工作中。

兰小兰失踪了。她可能再也不回来了。

公司老板吴女士急躁了,开始痛骂手下:办法永远比困难多!怎么可能就找不到?手下人很委屈:电话不通了;传真电话找不到人;发出的信函被退回;查询医保卡发现,年过50岁已经无法查到缴款人。吴总发了脾气,她不能原谅寻找无效的状况。我不管这名女工回不回来,我们有责任关心她的下落,关心她的母亲病情。吴总说,是不是她打来电话,那位接电话的人态度不好,让她不好意思再回来?我就是要知道,她到底在哪里!

吴总动了通过媒体查找兰小兰的念头。那天,她心犹不甘地让人拿来兰小兰最后续假发来的传真,忽然起意:都说打不通,那我试试运气!

鬼使神差,电话竟然通了。而电话那头就是兰小兰的大儿子。

这个电话让兰小兰家人惊讶。

吴总说,我们需要这样的员工,花再大的力气找到她,也值。现在的企业生态是,一名员工能做好自己的本职工作就非常优秀了。而她,不仅做好自己分内的,还把自己当作公共服务的一员。最重要的是,她无所企图,非常快乐。她的事例,让我感到,不管多么平凡,只要你用心付出,必定有很多人心回报。

兰小兰也万万没有想到,她微薄的好心,能收获如此强大的回报。公司对这种员工"求贤若渴"之心,让她兴奋幸福。吴总的电话,使她彻夜失眠。她立刻返回南方。没想到,她回到南方,一路受到员工不停问候。在那一天的早会上,400名员工全体欢呼:欢迎你!阿姨!

兰小兰在接受采访时,两度红了眼眶:一次是讲述到母亲垂危之时,一次是受到全体员工欢迎之际。她说,我原来不知道他们这么喜欢我,我只是能帮就帮上一点,没想到,帮了别人最后都是帮我自己。我很满足!

无论职场还是生活空间,也许人心都已经干涸太久,一点无私助人的微风细雨,就被龟裂的人心珍藏珍爱。一个平凡如沙的女工,以她心中的细沙般的助人之美,享受和这个世界爱的交换。

守护在人生的弯曲地带

1994年,一个19岁的秀丽小护士,出现在仙岳精神病病房时,她可能连自己都没有意识到,这一步就是她不太寻常的人生新开始,她19年的青春美貌、汗水与才智,都将供奉在这个人生的弯曲地带。

这第一步迈得不容易,第一天她就哭了。

第一次走进精神病病房的小护士,有点紧张,很多病人却显得热情高涨,从十几岁的到五六十岁的都有,到处是热烈的欢呼声:护士姐姐——你好漂亮啊!护士阿姨——你真年轻啊!你30岁了吗?

她不安地看着他们。也许是心理作用,她觉得每个病人的表情和眼神都令人害怕。但是,这个19岁的小护士故作镇定。她战胜了恐惧感,不仅面带微笑,而且还自告奋勇要给病人喂饭。正值吃饭时间,一女病人因为"罪恶妄想"而拒食,所以,每餐都必须由护士喂饭。年轻的姑娘以为喂饭简单,没想到她才喂了三口,病人噗地把饭吐她一头一脸。姑娘呆住了,惊恐而委屈,不知所措。老护士连忙赶过来帮助她,安慰她。

回到宿舍,小护士还是憋不住委屈,哭了一场。

这个叫樱花的小护士,就在这个异于常态的弯曲世界,开始了她的职业生涯。10多年后,小护士成长为国家二级心理咨询师。

毕竟不是普通医院。但这个过程,也并非外人想象的那么可怕,当然,也不是风轻云淡的。渐渐地,樱花像所有的精神病医护人员一样,她能够理解病人的一切行为,无论是他们的迫害妄想、幻视、幻听、攻击性,还是阴郁如铁,她都能理解,理解他们所有的"受症状支配"情状。女病人和男病人还不一样,男病人基本不打护士,似乎病中也能维持绅士风范,女病人相对任性,她们发脾气耍性子,不配合治疗护理时,往往会"张牙舞爪",用牙咬,用指甲抓挠,袭击医护人员。但这并不可怕,这些可以小心避免。樱花唯一感到委屈的是,一些病人家属的反应,当她们给病人强制喂药时,家属因为不信任或者心疼,而质疑反对,甚至告状诋毁。

樱花感到委屈。职业的浸染,让她深知,具有专业知识背景的医护人员,他们对病人的理解和疼惜,超越了家属们盲目和短视的情感。事实上,随着和病人接触的深入,樱花对这些在外人看来"不可理喻"的人,有着自己独特的怜爱之情。樱花说,在外人看来,我的工作是神秘的,我的工作对象是可怕的。其实,只要你对精神心理卫生知识多一些了解,就会发现患者们是"可爱"的——只是,他们需要比一般人,得到更多一些的理解和关注。

发现精神疾病患者"可爱"的,绝非一般人所能。它不仅需要耐心的接纳,更需要专业的知识与技能。只有这样,在这个弯曲的世界,你的真爱,才有表达到位的可能,才有辅佐病人的力量。正是有了这样追求专业扶助与关怀的认识,樱花转到心理科后,走上了心理师的求学之路。就为了理解,为了更好地关注与帮助病人。

据悉,人类疾病在经历了传染病时代、普通病时代之后,开始进入精神疾病时代。人的精神似乎变得脆弱。很多健康人,在一个刺激下,整个生命就失去了平衡。

有一位独女之父,女儿在举办婚礼的当日,发生车祸,当场死亡,女婿重伤。父亲崩溃了,他拒不接受女儿死亡的事实,拒绝承认停尸间里躺着的人是他女儿,他四处寻找女儿,整夜整夜不睡觉,要冲出门去叫女儿回家,日复一日,亲友怎么都阻拦不住。

一名30多岁的女子,走投无路主动来到仙岳医院。她得的是"恐艾"症。起源是有一天她在一个小诊所因发烧打过针后,忽然担心小诊所针头上面有艾滋病病毒。这一个闪念,就把她卷入强迫症的深渊。她难以摆脱,不断地去各大医院检查。一天到晚,反反复复地查,她拿到了一张又一张的报告单。报告单显示正常,她就怀疑检查仪器不正常,要不就是医生不认真,就再换医院,再次去检查。如此循环反复,她就是不能给自己一个定心丸。她知道自己有了心理偏差,必须上医院调理,可是,她就是控制不了自己。即使在医院,她也不放心。樱花因此特意把一次性注射器带到她身边,当着她的面拆开塑料包,并让她看清楚有效日期。

这两个病人最后都康复出院了。这是专业的护理引导力量。但在精神科、心理科,还是不断地有病人进来,因为精神分裂、双相情感障碍、失眠、抑郁、焦虑。20世纪末,人类疾病进入精神疾病时代,有精神疾病的人日益增多。世界卫生组织最新报告指出,成年人中抑郁症患者正以每年11.3%的速度增加。已经通过专业心理师考试的樱花,已经从小护士成长为国家二级心理咨询师,她来到了前沿阵地,守护心理危机干预热线,去帮助那些呼救者。

这条心理危机干预热线2008年底开通以来,被打进了1万多个"精神危机"电话。

有一天,一名准备马上自杀的男子,打进电话。他大学毕业多年,竟然一直找不到工作。他跟心理师樱花倾诉自己无用,太多的挫折,彻底摧毁了他的自信。他唯一牵挂的是父母,感到自己对不起他们。樱花引导着他倾诉,并耐心听他诉说了一个多小时,在提醒他行为的不可逆性的同时,也巧妙地指出了小伙子的症结所在,建议他调整自己对工作的期望值。由于樱花一开始对小伙子处境的理解,赢得了小伙子的信任,他不知不觉认可了她的劝导。樱花还套出了他的所在位置。她一边劝慰,一边通知了辖区警察。但最终没有劳驾警察紧急扑救,小伙子放下电话,已经重拾了生活信心。之后的次日、一周后、一个月后,樱花都和小伙子通话。小伙子的状态很让她放心。不久,这个屡战屡败的小伙子,走上了工作岗位,不仅干得不错,一年后,还成为他人的"心理师"——一个欲寻短见的女网友,正是在小伙子的热情帮助下,放弃了自杀。不过,这个过程中,是樱花在背后传授小伙子技巧。她是真正的幕后推手。

两年多来,心理危机干预热线打进了150多个寻求自杀的高危电话。樱花说,我们愿意帮助每一颗迷茫绝望的心。但是,生命在你的手中,不是由我们能操纵的。这150多个高危来电中,有一个来电永远消失了,这是唯一一个失去随访的电话,也是樱花内心永远的痛。热线人员再也找不到他。樱花说,心里特别难过、遗憾,我们甚至不敢打他的电话,害怕被证实的那个终结。

其实那是一个曾经成功的男人。产业做得不小,但忽然投资失败了。他无法接受这个现实,也无法完成从一个老板到打工仔的转变。曾经的高朋满座,变得门可罗雀;曾经的兄弟朋友,看到他就纷纷避开。没有人借钱给他,没有人帮助他。走投无路,他最终沦为他曾经根本不看在眼里的打工族中的一员。有时候,一天只能吃上一餐。看到身边卑微的打工仔,为了一点点蝇头小钱而满足自得,他感到莫名的悲哀,自己已经沦落到和他们为伍了,曾经的风光恍然如梦。他哭了,他给樱花她们的热线打来了痛苦的电话,哭诉自己拒绝这样的生活。他说,我要离开南方,我会去大草原走一圈,看看是否在那里了结。他要求热线人员不要再打他的电话,也不要发短信。

这个男人走了很久,再也联系不上了。

他一直纠结在樱花的心里。

《中国医学报》称,19世纪中叶到20世纪中叶为传染病时代,各种传染病流行猖獗;20世纪初至20世纪末为普通病时代,世界卫生组织资料表明,20世纪80年代末,每年疾病死亡了1100万人;20世纪末,人类疾病进入精神疾病时代,有精神疾病的人日益增多。世界卫生组织最新报告指出,成年人中抑郁症患者正以每年11.3%的速度增加。

樱花和她的同事,守护在这日益繁忙的人生的弯曲地带。

替补当一个月保洁员,让妈妈回乡过年

上周末,晓彬终于实现"专升本",考上了福建师大闽南科技学院。今年异常辛劳忙碌的春节,并没有影响到他的学习。

以下是这个90后大学生不同寻常的寒假生活:放假回乡下老家,独自大扫除一周;返校参加专升本培训一周;之后赴广州,当了近一个月的保洁员。

老师们后来才知道,这个学生过了一个不一样的春节。

这个采访迟了。知道这个小伙子的故事,已经是3月了。

他健康、普通,举止有一点腼腆,下眼睑因为平时容易微笑而突起,显得特别友善随和。整个采访过程,他都觉得自己很平常、很普通。虽然他两次说道,我不想再过这样的春节,但他还是坚持自己的所作所为也是很自然的。

6月份就要在软件学院毕业的晓彬,学的是电子商务。他大约是学校最忙的学生。他的学习成绩不错,他还学习了网页设计、影视后期制作等专业外的知识。之外,他一直在勤工俭学。

今年1月12日学校放假,1月15日,老师得知在教务处勤工俭学的晓彬,拿着微薄的报酬回了闽西乡下老家。老师们都以为他是回去过年的。但一周后,他又回到了学校,参加了专升本的培训。一周后,晓彬再次辞别,去了广州。在那里,他度过了"2013年好像没有过年的春节"。

老师们后来才知道,这个学生过了一个匪夷所思的春节。有人听了这个故事后说,改变了对90后的印象。

1月15日,晓彬回到龙岩永定的乡下老家。家是一栋一年来都无人居住的乡下空楼。正是久无人居,晓彬才先回到这里。他是专程回来打扫卫生的,因为远在广东打拼的爸爸妈妈要回老家过年,他希望他们一进门,到处都干干净净。他们已经一年没有回家了。节前大拂尘不是个轻松活,而整年无人居住的屋子,清洁工作艰巨加倍。晓彬整整忙碌了一周。

家里,一楼杂乱地堆满了半年前刚去世的二姐夫的遗物。二姐夫妻俩原先都在广东打工,33岁的姐夫急性白血病发病,一个月后就撒手离去。二姐夫家在距离永定几个小时车程的上杭乡下,因为家境清寒,一直投靠在这里,所以,遗物都搁在这儿。

为了避免回家过年的父母难过,晓彬第一件事,就是把二姐夫的遗物搬上四楼的小阁楼,然后整理。第二天,他开始拖地板、洗楼梯、擦窗户、洗厨房,所有的厨房用具都要拿出来清洗一遍。

当地人春节前的清洁是很讲究的,所有的门板、桌椅,都要用洗衣粉刷洗,晾晒。晓彬把自家的桌椅、门板都用洗衣粉刷洗一遍又一遍,把家里所有用得上的床单、被套等床上用品拿去用手洗,因为家里没有洗衣机;隔天,他劈了一整天的柴,堆好。

很久没有劈柴了,这次,劈柴让他手掌上都是泡。最后,他去地里,把妈妈去年走前种下的,现在几乎是野生野长的小片甘蔗林收割了。甘蔗很细很小,但还是甜的。收好也算是年货一种。

说到这些,晓彬笑了,说:"我不是很会干活的人。累了我就休息。"

把这个乡下的家,收拾打扫得窗明几净,小伙子就锁门离开了。告别永定,告别龙岩,他回到厦门,回到学校专升本培训班教室。培训结束后,2月1日,他到广东。

晓彬并不是去接父母一起回永定老家过年的。他是去替当保洁员的妈妈上班。如果他不去顶岗,妈妈就不能离开,因为回去过年就会失去那份保洁工作。

一到广州,小伙子就成了白云区太和镇的保洁员,接替妈妈负责的小高楼卫生。每天,他要清洁七八栋楼100多层楼梯,还要顺带清走各家各户门口放置的垃圾,隔天要用水拖洗一次。水要从楼下提上楼顶,然后一层层拖。拖洗楼道至少要一整天,一般上午8点多去,下午4点左右结束。

往年父母回家乡,是托在广州的熟人帮忙顶岗的,大姐、二姐有自己的工作。今年,大家都不方便,晓彬就决定自己顶岗。晓彬说,在我们老家,过年祭祖是一件很重要的事。爸爸妈妈必须回去,那才是我们的根。

2月4日,父母启程回永定。小伙子带着扫把拖把上任。晓彬很认真,该拖该洗,毫不含糊。

保洁员很年轻,但楼道居民并不好奇。没有人想到是一个大学生在为他们提供保洁服务。晓彬说:"替妈妈上班,我才知道妈妈的工作原来这么辛苦。那些楼道是封闭的,闷热不太透气,稍微一扫,就浑身是汗。妈妈每天干,真的很辛苦啊。"

正月初一到初二,他给自己放了假。初三复工。没想到楼道非常脏,到处都是鞭炮屑、橘子皮,还有瓜子壳、糖果纸、一团团的脏纸巾,很多人家门边的垃圾堆了很多,空酒瓶排了一地。晓彬上下清理了一天。

直至正月将尽。年就这么过去了。

晓彬心里说不出的空虚。长这么大,第一次不在父母身边过春节。虽然大姐家里也很热闹,可是,心里还是有一种排遣不掉的落寞,空荡荡的。他说:"今年这个年,我好像没过一样。"

说是小伙子,骨子里还是男孩,没有父母在身边,自己就好像无家可归。

2月26日,晓彬告别回到广州的父母,回到厦门软件学院,新学年又开始了。

90后晓彬的春节,过得让老师们诧异感叹,但晓彬始终不以为意。

他说:"我妈妈也没有觉得有什么,她回来还骂我说,厨房柜子什么什么地方,我洗得不够细心,不够干净。虽然,她也说,她和爸爸回到老家,村里的人都说,你儿子太会做了,把一个家收拾得这么好。但我也真觉得没有什么。不然,我妈妈只能回去十来天,要打扫屋子,要购买年货,要走访亲戚,那时间怎么够?在学校宿舍,我也这样做的。大家不爱清理厕所,那就我来做,我觉得没有什么关系。"

张家并没有娇宠这个唯一的男孩,他自己也不太把自己当一回事。他说,我父母和姐姐已经为我读书花了很多钱,我勤工俭学到处打工,只要钱够一个月生活,就让家里少寄一个月。去年我的奖学金和其他各类奖金,就有6000多元了。

从高中起,小伙子就卖过鞋子、卖过玉米,为粮油公司送过货。在学校里,他干过辅导员助教、招生办杂工、学生会工作,不过,他最在意的事,始终是学习。

他笑着说:"我在宿舍显得有点另类。大家喜欢玩到凌晨3

点还不睡,讲话、打游戏、看电影,第二天到中午还不起。我喜欢读书读到 11 点就睡,早上早起又去读书。经常我中午回到宿舍,他们才刚刚起床,我就不能午休了,但我们大家相处得还不错。我不介意他们这样,也不怕吵,我按我的安排生活。"

节前,晓彬在软件学院教务处打工,任教室设备管理维护一职。学校有 30 多个教室,30 多套教学设备。晓彬东颠西跑非常忙。小周老师说:"我们教务处的老师都说,无论你交给晓彬同学什么工作,他都干得清清楚楚,非常好。"

伊八哥和他的大海

竟然把鲜活的大海捡回家去！不只是海水哦，是一整片会呼吸的大海，里面有鱼、虾、蟹，还有珊瑚、海葵、彩贝、海蛎、海苹果、火山口、海树、寄居蟹、章鱼等，简直就是大海的本真缩影。伊八哥绝对是"超级宠家"，他在自己一楼的两个海缸里再造出了一片海。

海缸养鱼，也就是海水养鱼，并不容易。据说在本地，淡水鱼缸为千家万户所拥有，而海缸，不过区区十来缸。伊八哥的海缸和其他海缸又有不同，他的不是人工海缸，而是彻彻底底的天然海缸。人工海缸是靠淡水调制的，宠主通过购买鱼类完成花色。而伊八哥的海缸里，水是天然海水，所有的鲜活宝贝都是经他亲手捕捞，从大海进入他家鱼缸。每一个小生命，都有他亲手签发的绿卡。所以，他的起点就站到了一个非同寻常的高度。

只要没有应酬，只要潮水合适，几乎每天晚上，伊八哥都在海边潮间带上活动,带着工具,寻找他的新宠。像西堤别墅、环岛路、景州乐园等多个海域,随着大海退潮,很多海洋生物会暂停在潮间带的礁石水隙中,伊八哥带着抄网、强光手电,眼疾手快,东寻西觅。

由于家居海缸的条件毕竟不能完全等同于大海,所以伊八哥不能给很多海洋生物发放绿卡。比如,食藻类、浮游生物类的,在家居鱼缸里就无法生活。有一种本地人叫"金古"(谐音)的鱼,伊八哥在夜色海边邂逅了无数,但是,他无法为它们提供移民活下去的资源,只好一直放弃着。

伊八哥还捕捞过一只八爪章鱼,但是,章鱼有洞必钻,触手亦如同拆迁办,海缸的礁石、设置,根本扛不住它的摧毁力,只好把它隔离了。

伊八哥迷上海缸养宠,来自一个台湾朋友的启发。那位朋友也是一个自然派,他住在距离海岸线数百里的地方,却坚持亲手捕捞海鱼回家饲养,真是件很不容易的事。伊八哥想,自己就住在黄厝海边,近水楼台,做一个饲养海洋生物的"超级宠家",看起来也是天时地利人和。

养海缸,不是个简单活。伊八哥每天陪伴他的海洋宠物们至少四个小时。他观赏、呵护它们,悉心照料它们。这个海缸的光线、温度、养分、盐分,在他明察秋毫的监控下,随时和大自然同步。其实它就是大自然。伊八哥说,在他的海缸里可以找到最原生态的生物。可以说,在厦门近海的潮间带,只要你能看得到的鱼类,他基本都齐全了。

很多人惊讶伊八哥的海缸清洁清澈、生机逼人。伊八哥说,这确实是个技术活,比如滤材放置就很讲究,你必须依层次妥当放置。此外,海缸蛋白质分离器很重要,海缸里的生物排泄物会产生一种阿摩尼亚毒素,蛋白质分离器能够把它分离排掉。这样一来,鱼缸里的海水才会保持清澈干净。

当然,因为伊八哥的鱼缸里全部是他从黄厝海边运回家的天然海水,海水本身会产生消化菌和厌氧菌等消化菌类,这给他提供了一些便利。

每一个走近伊八哥的两座大海缸的人,都会惊异。它的魅力,连续放倒接踵而去的人们。这个类似大海潮间带、盐分 1.02 比值的天然海水生态环境,活跃着弱肉强食、生机盎然的斑斓海世界。在采访过程中,一只寄居蟹和一只花壳螃蟹一直在打架,藏在贝壳底下的寄居蟹,动作有点像偷袭,花壳螃蟹则是公开地大螯挥舞。伊八哥指着海缸另一角的一块螃蟹尸骸说,那是另一场战事的结果。有人目击了一只悠游溜达的小虾,忽然被潜伏在礁石空隙的螃蟹掳掠而食的闪电袭击。伊八哥习以为常,说这里和大海里的弱肉强食一样,不分种族,看你弱小,只要你好欺负,那就吃掉你。

海缸里可见本地近海潮间带上常见的鱼类,如:不断在礁石前穿梭忙碌的那几条叫"花神"的鱼,白底褐绿纵条饰身,轻盈时尚;本地人常吃的臭肚鱼,竟有美丽的蓝绿眼,俨然宠物风姿;黑点鱼带着一大点墨汁,以及"潜水艇"泳姿百变;"跳跳鱼"如变色龙,色彩多变;还有两条海鳗,像秘密一样,潜伏在礁石底部,让我们无法摄入镜头。最令伊八哥自豪的是一尾"五线雀鲷",这条身着五线谱图案的鱼,是在白石炮台那里捞获的。伊八哥说,五线雀鲷喜欢洁净水域,它的出现,意味着当地海域生态环境不错。

伊八哥的海缸里除了鱼类,还有各种静态的生物,它们也斑斓多姿。橙粉色的海苹果;花朵般的粗砂海葵,触手飘摇;火山口般密集的藤壶;开着小门的彩贝……最有趣的是地毯海葵,3个月不到,已经在伊八哥的海缸里繁衍生子。它以分裂繁殖的方式,占领了好多地盘。

值得一提的是,神奇的海苹果,有红色、黄色、蓝色、绿色等多种鲜艳颜色。伊八哥捞到的,都是橙红色的。

看起来伊八哥还后继有人,他2岁的宝宝也非常迷恋鱼类,只要外出邂逅鱼类,小家伙都要品赏半天。现在好了,爸爸终于把天然大海搬回家,在自家一楼,生机勃勃的鱼、虾、蟹、贝,斑斓多姿的海洋世界,就这样和他们一起生活着。伊八哥说,这些多样化的海洋生物,让自己感到快乐。

功夫面女王

大寒前一日,有七八级的大风,气温只有 7—12℃,从陕西来的杨莉照样穿着短袖 T 恤,令那些穿羽绒服的小伙子羞愧。她说,她动一动就冒汗。不管室内室外、动与不动,她的脸上总是红扑扑的。

她说的动一动,就是她的"功夫"了。准确说,是她的"功夫面"。很多孩子就叫她"功夫面姐姐"。玩"功夫面"的一般都是小伙子,突然出现一个漂亮挺拔、功夫洒脱的年轻女子,让顾客很惊异,尤其让孩子们着迷。在男女老少羽绒服加身的季节,她身穿白色短袖 T 恤,玉臂舒展,把一份面条飞甩自如,如莲花旋转。

2012 年 9 月,杨莉来海边城市的第一个求职愿望就是进酒店后厨,因为她热爱厨艺。可人家看她年轻俊俏,自然考虑前台使用,但她就是喜欢后厨。后厨只有一个切菜的岗位,杨莉也要了。

上岗的第二天,师傅教她片鱼。每一种鱼,每一片的厚度都有要求,龙鱼每片3毫米,脆鱼每片1毫米。学习了3天,师傅就让她自己片。第八天,师傅走了,杨莉正式上岗。刚开始,她经常把自己的左手指尖片得流血,然后贴了创可贴继续片鱼。很快,她越片越快了。

那时候,杨莉平均每天片脆鱼30斤、龙鱼60斤。最多的时候,两种鱼都能片到100斤。

天性活泼乐观的陕西女子,平时休息时,经常把同事请回家吃她做的面食,她的刀削面、油泼面早已名声在外。一天,酒店印度飞饼的岗位突然缺人,人们便想到了杨莉。

没有师傅带,杨莉懵懵懂懂地走上飞饼操作台。飞饼台上只贴有一张操作说明书,连图示都没有。店长说,今天你不用干活,你就甩毛巾练习吧。甩好了毛巾,才能甩面块。杨莉就开始甩毛巾,普通毛巾一折为二,就开始在手上甩转。她整整甩了一个早上,隔天她就正式上岗了。那天,她战战兢兢地,竟然也做出了40多份印度飞饼。一个人在台子上,她边煎边甩。一开始她甩得不够大,渐渐地,她已经能够把一块茶杯盖大的面块,甩得像一张小圆桌那么大了。最神奇的是,无师自通上岗的第一天,几十份飞饼出去,没有一个顾客投诉。

没想到,6天后,更大的挑战到了:店里希望她兼顾起"功夫面"。功夫面不是谁都可以甩得起来的,不仅和面有奥秘,甩面更有讲究。一块面在指尖、臂上飞舞,越飞越长,越飞越薄。动作很多,不能甩断、不能蹭地、不能碰任何物体,无论是身上、脸上还是地上、桌边,只要碰触了,面条就作废了。你还要甩得优美舒展,人和面气韵和谐。所以,功夫面需要专门的培训,需要师傅传授。

但是,杨莉是个"奇葩"。只要和面粉有关的,无论是印度飞饼,还是功夫甩面,她几乎都是无师自通。从这个意义上说,她是天生的"功夫面女王"。

这个城市,据说只有两名女子能飞面。杨莉就是其中一个。

功夫面是这个连锁店的看家好戏,不过,这里基本上是清一色的男人世界。也许是印度飞饼的成功给了杨莉胆气,她应诺了。店里请来一个师傅,但师傅教了她15分钟就有事走了。之后,她只能自己根据揉面说明书,开始操练功夫面。一个周六下午,她去上了一节功夫面示范课。揉面要领、动作要领,她学得很用心。功夫面动作很多,名称也很形象,"翻江倒海""银蛇缠身""仙人指路""眉来眼去""蜻蜓点水",在场学习的只有两个女生。学了不到两小时,杨莉又赶回店里上晚班了。这期间,她一有空就练习甩面动作。回家后,她先用长长的卫生纸甩,但卫生纸容易断,她就把保鲜袋放出两米长,改用保鲜袋甩。

周一,店里就开放"功夫面"了。有人点了面,杨莉很紧张。端着和好的面块,几乎不敢走过去,心里忐忑不安。她非常害怕,怕面甩到客人脸上,怕面飞到地上,怕面条断了搞砸……杨莉小心翼翼地开甩了,动作拘谨,但是,很快她就随着面条的变长、变细而轻松起来。当"重如泰山"的第一根面条成功甩成细丝,其他就越来越容易了。

对于面,杨莉似乎有得天独厚的悟性,女孩子本来就腰身柔软,没有多久,那些甩面的常规动作她舞动得如行云流水,连一些高难度动作,一般小伙子不太敢表演的动作,她都做得收放自如,就像一名专业的杂技演员。现在,她是餐厅的美丽精灵。

现在,杨莉每天都忙碌着。她一会儿是印度飞饼师,一会儿是功夫面姐姐。有客人点功夫面,她就端着面盘,到前台做上天入地的甩面表演;有人要飞饼,她就赶到后厨又甩又煎,从下单到上桌,一般是8分钟。

印度飞饼面,是要提前4小时和的,功夫面则需要提前一天开始揉,揉好后,再一小时揉一次,前后至少揉4次后,再置入冰箱8小时。一般情况下,她一天要甩出30多份功夫面,共60多根长面条,每根面条平均2.2米长,总共要甩出130多米长的面条;印度飞饼要甩出70份左右的"小圆桌"。有一次,碰到一桌"面大王"食客,竟然连点了7份功夫面。杨莉总是身穿白色短袖T恤,忙得额前发亮,面如桃花。很多孩子完全迷上了"功夫面姐姐",有一些孩子几乎每周都要随父母来访问"功夫面姐姐"。小孩子吃不了多少,主要是看姐姐和面条的飞舞。

杨莉说,她的功夫面都是用心和的。曾有一位前辈告诉她,实在忙面揉两次也行。但杨莉从不这样。每一份面条,她一天至少揉4次,然后再放冰箱冻8小时。她这样做,就是想让客人吃到最筋道的功夫面。"客人吃得满意,我也感到开心。"杨莉说。

穿短袖的杨莉给我们看她的肱二头肌。令人吃惊的是,一个苗条的女孩子,两只大臂都鼓着一块肌肉,白皙但坚硬。她笑嘻嘻地说,揉面揉的,因为两只手都要用力,所以就有肌肉了。"我老公看了心疼地说,我们不干这个活了,你还是去做美容什么的吧。可我不。我喜欢面,喜欢面的艺术。"

这个80后,颠覆了传统家政

秋实,好慷在线家庭服务的创始人,一个80后的年轻人。如果你第一次听他的故事,可能会觉得不可思议。但是,正是这些匪夷所思的故事,激励着他接近目标。他的目标,就是为一个不容易获得社会尊重的行业,一点点地赢回尊重。

2011年的一天,下了班的保洁员荷香抱着一个被打破头的瓷观音,眼泪汪汪地回到公司。见到秋实,她哭了起来。她说,不小心把客户家的瓷器打破了。

秋实看她手上还贴着创可贴,说,没事,你先去休息。安抚好荷香,他马上到回访台去听回访录音电话。这是他们公司必需的程序,保洁人员工作结束后,后勤回访会询问客户对服务的满意度及改进意见。

"这是让我感动的一个录音。"秋实说,"员工损坏客户家物品,很不应该,打破的是人家神龛上的观音,可能还增加了精神上的伤害。但是,我没有想到这位客户给荷香打了满分!录音里,这位客户说,我们对她的服务品质和人品非常满意,请一定不要批评处罚她!"

客户说,以前有阿姨摔坏了烟灰缸,偷偷藏进垃圾桶就完事了,结果害得孩子去捡掉进垃圾桶的皮球,把手割了。"你们的阿姨主动来承认错误,并表示赔偿。我们说没关系,她还是坚持把摔坏的观音带回公司,说要买一个一样的给我们。"

荷香大姐的负责精神,触动了雇主,雇主的"袒护"感动了秋实。最后的结果是,公司花300元买了新的观音像给客户,而在公司4家分店的公告栏里,都张贴着公司对荷香的表扬通告。

秋实非常在意对员工责任意识的培养。他说,事实证明,我们的员工,只要勇于承担过错,她们就会获得尊重。我们发现,99%的顾客都是好雇主。当意外发生时,绝大多数雇主的第一反应是:没事!你有没有受伤?家政行业的员工,受文化水平、见识能力限制,普遍胆小怕事,一有过错,很多人本能地选择掩盖和逃避。这样,就不可能赢得尊重。

上培训课,我们教育员工要敢于面对责任。公司是她们的后盾,只要是我们的过错,公司至少承担一半,另外一半视员工的表现、损害的大小,由公司决定分担的比例。

我们鼓励员工敢于担当,错了就是错了,该赔就要赔。公司不仅鼓励认错,分担赔偿额,还奖励勇于承担者。

雇主不是傻子。没有职业操守,没有责任感,只能使每一单的合同变成不信任的旅程。

责任意味着付出,甚至很大的付出,保洁员向丽红就闯了个"大祸"。

一个月前,她在13楼的雇主家擦玻璃,不小心失手,玻璃掉下去,正砸在一辆车后窗上。向大姐准备下楼去认错,雇主探头一看,连忙拉住她:"别去,那是宝马X6,你赔不起!"

犹豫了一下,向丽红还是下去,向车主认了错。让她没想到的是,宝马车的损失竟然高达1万多元。车主高小姐感到非常意外,她没有想到一个保洁工有这样的勇气,主动承认错误,而且是在外人提醒后果严重的情况下。所以,高小姐既有些感动也有些于心不忍,她主动把赔偿费降到了5000元。

接这一单活公司收费90多元(保洁员领月薪,一律不抽成),这一砸,相当于50多单的活都白做了。公司承担了3000元赔款,向大姐掏了2000元。她说,不后悔认错,"是我干的就要承认。"

秋实专门召开员工会议,批评向大姐不够细心谨慎,同时表扬她面对责任没有躲闪,勇于担当,还给她发了奖励金。

有人说:秋实你这次亏大了! 秋实说:还好没伤人,人没事就

好。

尊严是自己挣来的。没有职业操守,收获的蔑视比利润更多。家政人员需要社会尊重,要尊重首先要自重,诚实付出是根本。

秋实说,目前,这个行业的职业操守,社会的认同度比较低,相当多的家政人员让人看不起。行业生态差。但是,一个企业要发展,就必须改变社会的看法。而责任感的不到位,必然导致社会尊重的缺失。

创业初期,秋实对这个行业做过比较深入的研究,许多业内人员坦言相告:这个行业,不管是管理者还是保洁工人都知道,拖延客户时间,就是赚钱的秘密。这个秘密,实质是以损害自己的形象为代价的。

有个阿姨,在一个雇主家,用单面玻璃清洁刷把冰箱上门洗毛了。雇主非常生气。秋实赶去一看,立刻道歉,承认对员工培训不到位,同时马上着手补救工作。

这是一款德国原装进口的布隆伯格冰箱,只在磐基有售。秋实找到供应商,不料断货了。他和雇主商量,按新门原价 1800 元赔偿,雇主拒绝。辗转努力后,公司联系到了一家奢侈品采购机构,直接下单去德国购买。3 个月后,漂洋过海的冰箱门终于到了,大家很高兴,可是一看到实物,傻眼了:颜色不对。德国厂家不再生产雇主家的银白色冰箱门了,发来的是浅灰色的。

雇主坚持要原款的门。秋实又向汽车行业求援,雇主对上色抛光又不满意,最后只能给冰箱门上了层保护色。几番折腾,公司四处求助,雇主心有怨气不断来电辱骂。秋实要求员工绝对不许回嘴,"因为我们对不起人家。"

历时一年多,所有努力均告失败,秋实不得不再次请求雇主向消协投诉,寻求公共平台处置,但雇主再次拒绝,提出3500元赔偿金。这次,秋实没有同意,"我们只能按损害,偿还一个新门的价格。"

我们承担责任,但不意味着放弃公平和尊严。他说,其实,我们的员工守则,很多都是大姐们自己从工作中感悟而发的。比如,进入小区主动和保安打招呼,进电梯时让他人先进,公交让座。我们有个大姐,每天上班带两套衣服,她说,虽然有工作围裙,但是半天的工作汗湿衣服,会有汗味。她不希望下午的雇主闻到不好的汗酸味。在我们公司,这些自尊自爱的员工,都会受到表扬。

秋实带领着他的这些处于社会底层的婆婆妈妈,努力走在最有尊严的职业风光中。他说,我们的员工社会地位低、文化水平低,所以,我们更需要努力帮助她们提升有尊严的社会形象。这个形象,就是责任感、诚信、整洁、礼貌,一点一点建设出来的。我会一直坚持下去,有人坚持,行业就会进步,就有希望。

他从非洲来

当中国医生艾德多站在非洲金色阳光中的时候,没有想到,他是博茨瓦纳有史以来的第一位小儿外科专科医生。他更没有想到,病人络绎不绝。

有时,艾德多一天 8 台手术,从上午 8 点干到晚上 8 点,疲惫不堪。刚回到宿舍,一杯水还没有喝完,电话又到了。急诊,肠穿孔。艾德多赶回医院。手术之后,又接了十几个急诊病人,连夜又做了 3 台手术。一夜未眠,等到早上查完房下班,已是 40 个小时没歇过了。这就是博茨瓦纳第一位小儿外科专科医生的行医节奏。3 个月后,艾德多招架不住,病倒了,但也只休息了一天,就继续工作。

院方做了调整,待治的孩子还是源源不断。令他意外的是,很多先天疾病,比如无肛、尿道下裂,在中国一般最晚 3 岁前都会完成手术治疗,可在博茨瓦纳,因为没有小儿外科医生,很多孩子十几岁了还无法手术。

一天,一个15岁的少年来了,身上藏着粪袋子。这个天生高位无肛的孩子,已经带了15年粪袋子。一个法国的普外医生曾为他做了个造瘘手术。

艾德多检查发现,少年还伴有其他系统严重畸形,高位肛门锁闭,大便进入膀胱,还伴有直肠膀胱瘘。少年高大健壮,母亲是公务员,家庭条件还不错。但是,大便天天从肚子上流出的生活,把他拒绝在公共生活之外。非洲人本来就早熟,少年异常痛苦,家里为他找了很多医生。

对这个非洲少年来说,他生命中的"贵人"出现了。艾德多成功地为他实施膀胱瘘修补、肛门成形术,为他再造了肛门。从此,少年告别了相随15年的粪袋子。全家人对中国医生无比感激。

这个从未有过小儿外科医生的国家,从来没有人做过先天复杂无肛、食道闭锁、巨结肠、胆道畸形等手术。而这些手术,对经过专业训练且手术能力很强的艾德多来说,处理起来得心应手。在每年400例的病例救治中,他挑战完成了多项在厦门也没遇到过的高难度手术。非洲人惊异他手上的神奇,感念他的付出。艾德多说,我是代表中国政府来非洲援助的,这种专业素养是必备的,而所有的辛苦也是应该的。

中国医生有中国医生的特色。这些总在病人包围中成长的医生,对时间和效率有着不一样的反应。

一天,一个8岁的小姑娘来到艾德多面前,她肚子上鼓了个大包。这个女孩得的是肾母细胞瘤,俗称肾癌。先天性的,二期。她是由泌尿科医生转过来的,得病已经多年,之前至少有七位医生看过了。

博茨瓦纳医院就诊实行预约制,这个小姑娘每看一次病,都要等好几个月。艾德多一见这个小姑娘就着急了,他必须立即确诊。可是,按他们那个就诊体制就慢了。这时,另一位重要的中国医生出现了。他是厦门中山医院的放射科医生张友彬,比艾德多早到援非医疗队,他喜欢非洲,现在依然在那里。

艾德多让张友彬立刻帮他做CT、造影。两人一起讨论分析后,下了结论——肾母细胞瘤。院方负责人对艾德多的效率非常吃惊,他不知道,两位中国医生已经多次为那些非亲非故的非洲病人"合伙开后门",开启"快速通道"。艾德多非常欣赏张友彬,说友彬的专业素质帮他做了不少准确诊断,提高了效率。

经过两个半小时的手术,艾德多为小姑娘切除了一个14cm×12cm×9cm的肿瘤。这个肿瘤压迫了小姑娘的腹主动脉和下腔静脉,即腹腔两根最大的血管包缠,稍有不慎,可能导致大出血而死亡。手术非常顺利,这个8岁的小姑娘摆脱了癌症的阴影,痊愈出院。

中国医生有个短板,不善于和病人沟通。博茨瓦纳中心医院相当于各国医生的展示台。艾德多说,相比欧美医生,中国医生在这方面确实不如人家。国外的医生可以和病人谈一天,永远对病人面带微笑,病人能感受到他们的爱心和耐心、责任感。

艾德多认为,医生必须具备比普通行业人士更高的道德水准,因为医生面对的是生理、心理双重弱势的病人。这时候,沟通非常重要,要让病人知道,医生和你站在一起。在国内,艾德多就喜欢沟通,总是反复给病人及家属介绍病情、并发症等诸多情况。行医20年,他没有被病人投诉过一次,他认为这和充分的沟通有关。"作为医生,爱心、耐心、责任心是基础,技术是保障。"他说。

在非洲,为了让一个患淋巴肿瘤的孩子接受手术,他和孩子的父母做了多次沟通,甚至拿出全英文版的医书,在护士长的协助下,像上课一样讲给他们听。最终,孩子的父母同意孩子接受手术治疗,术后效果良好。

沟通和爱,让异国人记住的不仅是一名医生,还是一个国家。

一个6岁的非洲女孩,将永远记住中国医生。当时,她因为重度烫伤被从乡下诊所转往中心医院。2度伤占体表面积的60%,3度伤占体表面积的8%,这么严重的小病人,却没有一个家属陪伴。因为女孩家太穷了。可是,6岁的女孩十分坚强。手术、植皮都是护士长代签的。艾德多每次查房,都给小女孩带一块糖果。小女孩住院3个月,她还没有上学,只会用博茨瓦纳语表达对中国医生的喜爱和谢意。出院时,艾德多又给了她200普拉(博茨瓦纳货币),对女孩的家而言,这是一大笔钱。

做一个好儿科医生是幸福的,每天上班,一踏进医院,艾德多都能得到许多非洲病孩此起彼伏的问候,有的喊:"艾医生,早上好!"有的看到他就叫:"中国!中国!"

艾德多收到过几次病人赠送的小野花,收到过不少病人写的字条,字条上写着感激的话,要艾德多到他们的家乡去玩……孩子们也会向艾德多讨糖果吃,因为艾医生经常给他们糖吃。

援非两年,艾德多完成了786例手术(欧美医生一年在100例左右)。期满前,大外科主任Mcharo给这支46人的国际医疗队发出了唯一的一封个人评价信,高度评价这名中国医生。院长Mshonge四五次找艾德多谈话,恳请他继续留下来,成为博茨瓦纳国家的小儿外科医生。

不过,因为要照顾妻子女儿,艾德多还是回来了。他说,我想我会重访非洲的。因为那是我梦中的地方。

玉米人的几次哭泣

南方的流浪狗是幸运的。有一个奇人,从东北到南方,满怀一腔热血和生命激情,殚精竭虑地守护着它们。她曾是全亚洲乃至全世界跑得最快的人,打破过亚洲纪录、世界纪录,数次获得长跑冠、亚军,曾入选全国"十佳运动员"。20年前退役后,她从南方大学的校园进入了南方社会。

从那一天开始,南方流浪狗迎来了自己的守护神。

屡创奇迹的运动生涯,把她磨砺得无比坚韧而勇敢。她从不轻易掉泪,但是,在南方的流浪动物身边,这个微信名叫"玉米人"的女子,多次流泪哭泣。

代表南方流浪狗,第一次和玉米人见面的是一只叫露露的幼犬。它因为感染细小病毒被宠主丢弃路边。主人已经去别处觅职,但露露不知道,它挣扎着重新爬回主人原来供职的店面里。

店里的人只好再把它丢在店外边。这是玉米人第一次遭遇流浪犬。这只一岁不到、重病中还挣扎着寻找主人的幼犬,令她不忍离去。而的士司机也嫌弃它,不乐意玉米人带它上车。玉米人第一次悲伤得泪水满眶。被救助的露露,也许承接到世界冠军的力量,居然挺过了六七天,最后慢慢站起来了,一个月后,它竟康复了。露露后来被人领养了。这条濒临死亡的小生命,给了玉米人极大的成就感,也开启了玉米人对流浪狗的守护航程。

第二次哭泣,是玉米人为一只了不起的狗妈妈。

几个月前,在一个烧烤摊,她遇见了一只棕色狗。看上去,它非常饥饿,一口气吃了七八个火腿肠。次日,天很阴冷,玉米人又过去,她又等到了那只饥饿的狗。通过喂食沟通,玉米人把这只信任她的狗抱到了宠物医院。没想到,宠物医生告诉她,这是哺乳期的狗,如果你把它带走,小狗肯定饿死。玉米人赶紧又把它抱回原处去。她必须把那些小狗也找到。附近的人都说它在这儿流浪有一阵子了。可是,谁也没有看到小狗崽。那天,玉米人利用午休时间又到当初遇到狗的地方。等到了狗妈妈后,就告诉它快带她去找它的宝宝。你要快点啊,我还要去上班。狗妈妈听懂了。它开始往轮渡方向走。一人一狗一直走,走了两三站远的地方,狗妈妈带她进入一个铁皮围挡,围挡里是乱七八糟的破船、废旧木板。狗妈妈完全信任她,它把她带到里面的一块破木板底下,那里,有5只小狗!狗妈妈向玉米人毫无保留地敞开了它的家！狗妈妈每天要走几站路去觅食。那一瞬间,玉米人泪流而下:既因为信任,也感动于狗狗的母爱。她把5只小狗抱在怀里,小心走出了围挡。狗妈妈走走停停,时不时要检查一下她怀里的狗宝宝,然后又走。一路走,一路确认。第二天,南方下了很大的雨,天气非常冷。玉米人无比欣慰,她说,万幸啊,如果我擅自带走了狗妈妈,这5只小狗肯定就饥寒而死了。

第三次哭泣,是缘于另一只可怜的狗。

一只狗站在路边,脖子豁着吓人的伤口,能看到里面的骨头和气管。玉米人惊骇了。她想帮助它,可是,伤狗不再信任人类,不断逃避。天上还下着雨,玉米人追随了两个多小时,它就是不让她靠近。如果不抓住它,它必定死路一条。玉米人焦急得在雨中哭了:如果我救不到它,我没法过了。后来,这只狗是在她的朋友"狗命"先生的帮助下,被逮住了。这只脖子上裂开一半的小狗,经过4次手术,终于死里逃生。

玉米人说,比哭泣更难受的是,你哭不出来的痛苦,比如,救助的狗狗生病了,领养人把领养的狗弄丢了,年老伤残的狗被主人丢弃在垃圾桶边。

玉米人说,南方这么美的一个城市,我多么希望能有一块让流浪狗安生的地方。如果给我们一块地,文明城市创建就更完美了。做救助很难。生病救助,资金筹划,吃喝拉撒,生老病死,都要负责;狗多了,要改善环境,不然会有打架、瘟疫发生。年前,玉米人的临时救助地发生了狗瘟,8只狗相继病倒。现在,救助地容纳200多只狗,已经达到极限。所以,给我们一块狗狗的救助地,不仅是为狗狗安全,更是希望能够不扰民。

这次临时救助地暴发的狗瘟,让玉米人非常辛苦。她每天驱车前往同安消毒,晚上回家,马上煮一大桶肉汤,因为患狗瘟的狗需要营养增强体质。然后,她带着6岁的女儿,把肉汤送往医院,狗狗吃完后,她才能腾出时间,带女儿去外面找吃的。令她欣慰的是,小丫头告诉她:妈妈,等你老了,我来替你照顾狗狗们。

玉米人说,我经常被人们的善良与温暖感动得想哭。狗瘟这次尤其强烈。很多市民出手相助,他们捐被子、消毒液、零食、鸡肉肠。有人直接跑到医院捐款;有个台湾女孩捐了狗粮,还留言说,如果需要帮助,请告诉我;一个女孩给我留言说,我们是一个群,正在为你们救助站狗瘟的事开会,我们想帮助你们筹款,买消毒液什么的。很多人在加我们的微信,有个长期固定捐款人说,等我的孩子国外学业完成,我会给你们更多捐助。

玉米人说,上周日,我们在育秀社区搞领养流浪犬与动物保护教育活动,没想到来了数百号人,带去的15只狗,有10只被人登记,有5只当场被领走。有个女孩,搂着一只狗一个劲地哭,因为家里条件所限,她无法领养。我很感动,南方真的是个有爱的城市。这里的人,宽容又博爱。

我们不得不控制爱的流露

22岁的支教队队员不凡月,离开宁夏海原一中差点哭了。她是南方大学第十一届研究生支教队队员。上个月,她放寒假回到南方。

她比其他队员晚走几天。当她走进教室时,以为支教老师都走了的全班同学,愣怔之下,忽然全体起立,对她用力鼓掌。下一个班也是这样,再下一个班还是这样。有个班,面对意外出现的她,全班唱起了《感恩的心》。

不凡月拼命忍住眼泪,表现平静。

4个月前,一踏进这个全世界最不适宜人居的海原,她就被告知,他们面对的是极为艰苦的但非常惜爱的学生。而我们一年后必将离去,别让他们留下撕心裂肺的痛。学会控制感情,保持爱的距离,成为支教队队员对海原学生们最深沉的呵护。

艰苦的生存环境,饱满了一颗颗最知冷暖的心。那里的孩子比我们这里的孩子懂事。不凡月说,他们离去时,一个高中女孩已经是弥留之际。起因是感冒,为了减轻贫困的家庭负担、节省二三十元的看病费,她独自硬扛了几周,终于肺积水呼吸衰竭。你知道吗?不凡月说,我的学生,一个月不过三四十元的生活费,对她来说,看病钱,太贵了!

一名支教老师,发现一名高中男生布鞋破旧豁口,暗暗目测了尺寸,送给他一双新球鞋。男生当时没有说什么,之后,这个男孩流着泪告诉他人:我永远不会忘记。

海原一中,是当地最好的中学。一个班70多人,贫困生占了一半。不凡月惊异地发现,一个学生,一天只吃一餐,就是一个馍配开水。她难以置信:这些高中生,从早上6点到晚上10点、11点,怎么可能只吃一个馍?她叫住了一个学生。早上吃了吗?学生摇头。中午呢?一个馍。晚上吃什么?晚上不吃了。

让支教队队员们震撼的是,不是一两个学生,很多学生一整天的伙食,竟然都这样!不凡月和同去的南方支教队队员难过极了。但是,他们不动声色,只是把原来为了吸引学生们注意听课而不断分发的小礼品,比如笔呀、本子呀什么的,悄悄换成了阿尔卑斯糖,换成了牛奶等食品,他们想让学生们多少补充一点营养。学生们多次看到,除了教材之外,不凡月还拖着一大包牛奶进教室。

没有多久,不凡月收到了一个学生的纸条,上面写的是:老师,这样你消耗不起的,请别再这样了。

有一天,不凡月在帮助一个特长生排练一个节目,这也是一天一个馍馍的孩子。正好,队员们正在熬牛肉汤,不凡月给他舀了一碗。可是,那个学生谢绝了,说他有馍馍。怎么也不肯吃。不凡月最后拿出老师的威严,强迫他吃下去。

因为帮助5个制作节目的孩子解决了一个问题,不凡月收到了两大罐的小星星,是5个学生一起折的。

从去年9月到现在,南方支教队队员的宿舍,每一天都有水果,都是学生们默默放下的。他们是回家后,在自家地里采摘来的。野果一样的大小不一的苹果、香水小黑梨、好吃的西沙瓜,甚至土豆。不凡月说,这些孩子,只要你给他们一丝丝好,他们就深深记得;你甚至可能已经记不得他的名字,你也可能只是在走廊上对他们笑一笑,他们就对你那么的好。

支教老师,对孩子们来说意味着外面鲜活的世界。这个有43万人口、年财政收入仅2500万元的艰难海原,孩子们的唯一出路,就是考上大学,走进外面的世界。支教老师带着外面世界的神秘气息,对他们讲述的是真实和丰富。支教老师,是他们希望和梦想的黄丝带。他们给不凡月发纸条:

南方是不是很美?

大学生活是什么样子的?

你在我们这儿习惯吗?会不会很想回家?

我们能不能叫你姐姐?

课外可以叫姐姐,但我是你的老师。不凡月说。

不凡月刻意凸显老师威仪,和学生保持着距离。无论是授课,还是课外交流,支教老师都注意防范自己的情感表露尺度。有一次分散在几个学校的南方队员召开队会,队长批评了一个女队员对学生们的感情过于投入。队长说,一年后我们就走了,你这样的感情状态不仅伤害你自己,更伤害那些孩子!女队员一想到自己终将离去,当场哇地大哭。

海原的水是苦的,蔬菜都难以生长,几乎所有的用品,都要靠外面;很多人家里越穷越生,七八个孩子很常见;外出打工的父母,并没有什么钱带回来,往往回家的是伤残的躯体。正是这样,海原的父母,在孩子的读书上,寄予了最大的出人头地的希望。不凡月说,你不能想象,那里的孩子考大学的压力有多大,远远超过了南方的孩子。要是复读,意味着又一整年家庭的巨大付出。因为他们实在太苦了,又太没有出路了!所以,有的孩子偷偷退学打工去了,有的孩子跳楼自杀了。有个学生的个性签名是:自己选择的路,跪着也要走完!很多学生的年龄比不凡月他们还大,因为他们是靠自己打工挣学费,一个学期一个学期完成学业的,没有钱,就要停顿下来再去打工。

不凡月说,面对压力这么大又这么懂感情的学生,作为一年后就离去的我们,我们只能压抑自己。我们4个支教女生,住在一间宿舍,晚上一讲到这个话题,大家都忍不住难过。可是,我们必须互相提醒着内热外不凉,绝不"温情脉脉"。

支教队队员更愿意自己就像一把沉静可靠的梯子,尽心尽力地把学生们送到高处,送进更好的人生。

很多队员最后的离去,都是选择"冷漠"逃离,他们趁学生上课时,悄悄与学生们不辞而别。

不凡月说,上一届,有个女队员离开时,让学生们知道了,她的汽车开了很远,后面有很多的学生在追着车跑,汽车停了下来,她下了车。学生们很难过。她看到电线杆后面躲着一个小男孩。那个男孩平时和她的话并不多。走到电线杆边,她看到那个小男孩泪流满面,已经完全哭到不行。那一瞬间,年轻的女老师心都碎了。因为,她知道,谁都无法弥补孩子的痛。

一个"壮丁"的狗运传奇

这个壮丁,不是新中国成立前的壮丁,是亚运会"总撰稿人"的壮丁,他是在火车上突然被一个陌生女子不容分辩地带走,"抓进"了1990年亚运会的总据点。当时,正在吃饭的北京市市长张百发,端着饺子碗,问了两句话就"验收"了这个"壮丁"。

果然,他们慧眼识人,一年后,这个半道抓来的"壮丁",书写的《亚细亚的太阳》光耀全国,亚运会总撰稿人沈世豪声名远播。

4年后,他来到鹭岛。回首来路,他是一路迈着传奇般的步伐,一步步靠近鹭岛的。

1989年8月的一天,他和所在的江西师范大学的同事,前往北京教育部领一笔项目资金。从南昌到北京,两个老师在三天两夜的慢车上一路聊天。毕业于厦门大学中文系、已有不少作品问世的沈世豪和爱好文学的同事,自然聊到文坛和自身写作情况。他们谁也没有注意到,车厢内一中年女子一直在听他们说话。火车到石家庄时,那女子站了起来,说,我跑遍了中国,现在,终于找到了最理想的人选!你就是亚运会总撰稿人了!

俩大学老师都蒙了。沈世豪第一反应是:中国这么大,怎么找到我呢?这不是什么好事,难道北京作家都死了?不,女子说,能写的都跑光了。他说,那……我考虑一下。女子说,不行,到北京,马上跟我走。沈世豪推托着,说,那我试试看吧。

没什么可试的,就是你了!

这"星探",是北京日报社女记者,姓薛。为了寻找亚运会总撰稿人,她奉命在全国奔走,没想到,她最满意的人,就在她回京的同一节火车车厢上。一下火车,薛记者把人直接领到清华门对面一条老街。在门口,她就冲着里面呼喊:百发!百发!我抓到了个壮丁!

没想到她直呼其名的人,就是当时的北京市市长张百发。张百发问了两句,对这个半道抓来的"壮丁"很满意。沈世豪急了,他说,不行不行!我是来教育部办事的!这事也还没有请假……张百发说,你别管,所有的手续我们来办。

一月不到,沈世豪进京。亚运会筹备中的6万人、33个工地,奉命随时恭候他的采访。10月4日,他必须汇报大纲。12月交稿。这部20万字的展示中国第一次举办亚运会筹备工程的大型报告文学《亚细亚的太阳》,就在两个多月的时间里,连采带写、紧锣密鼓地展开了。他先阅读大量基本材料,然后,根据亚运会施工计划图,制订了采访计划。他把每一天分成上午、中午、下午、晚上四块,在每个工地转。他的书包里装着本子、相机、水、饼干和苹果。用他自己的话说是"拼老命跑"。

汇报前夕,看着夕阳西下,他突然灵感一现:太阳!就叫《亚细亚的太阳》!框架也随之拉出:三环一点,大环写中央决策层,二环写北郊诸多施工工地,三环写亚运村,最后一个点,写清华大学亚运会微波转播技术。他写了许多一线普通工人。

张百发说,书写好,我请你吃满汉全席!

稿子是回江西写的。12月交稿期满,他寄出了一公斤重的20万字稿子。4个月后,稿子通过审查。那年,亚洲每个运动员的包里,都有一本《亚细亚的太阳》。随着亚运会的进行,沈世豪,也成为当年炙手可热的明星。

沈世豪自我调侃是走了狗运。他不能理解,中国能写的人有多少啊,这么好的机遇怎么会偏偏降临到他的头上,而且不止一次。其实,有一点可以肯定,他是准备好了的人。如果他没有这个才能,即使幸运女神敲门,他又能交出什么呢?

他的"狗运"好到令人瞠目。1991年,香港著名企业家安子介,拿出一笔钱,委托人到内地寻找合适人选,搞个"汉字宣传"项目。代理人找来找去,来到江西,遇到了沈世豪的校长。校长一听:哎呀,我们有个沈世豪,他什么都会干!校长大包大揽,把项目直接替他带回。沈世豪一听直摇手:汉字宣传?我是学中文的啊!可是,他已经没有退路。

想来想去,他决定做电视纪录片。命运再次敲对了门。沈世豪的想象力和胆略,确实非同一般。他把江西电视台忽悠出来,他说,全国都有风光,有风光就有文字。我们以名胜风光为背景,以汉字为主体,做个电视片吧。你们就跟着我一路玩过去,我负责文字,你们负责拍。电视台做梦也想不到,他们就这样参与了一个后来举国闻名的中华传统宣传项目。摄制组从江西出发,上福州鼓山,到鹭岛、杭州、泰山、西安碑林、北京。沈世豪配写了五章文字:汉字的历史回音;汉字对人脑开发的作用及意义;美的旋律;语音转换高科技技术;走向未来。片子拍了两三个月,一路名胜古迹,一路汉字风光。包括鹭岛南普陀的"佛"字。节目在江西电视台播放后,反响不错。不知怎的,一天,李瑞环办公室突然打来电话:摄制组全部飞北京!在人民大会堂搞个首发式!

喜讯风暴,把摄制组轰傻了。大家郑重进京。李瑞环亲自接见了他们,首发式在人民大会堂举行。好运还没完,半个月后,又一个通知下达:《神奇的汉字》在中南海,再举行一个更大的首发式,常委全部出席!奉命进京的江西省领导狂喜至晕:这怎么回事?谁是沈世豪?首发式后《人民日报》(海外版)连续四天,刊登了沈世豪的全部解说词。

这个名字,一夜红遍江南。

两年后,沈世豪来到福建鹭岛,在鹭岛教育学院任职。他的传奇人生还在继续。1993年,为纪念毛泽东一百周年诞辰,一个中宣部的项目,又找到了他。沈世豪的第一反应是拒绝,他不熟悉毛泽东的历史,而时间只有3个月,必须在12月毛泽东生日前出书。那个时候,全国有200家出版社在写毛泽东。可是,人家就认他。沈世豪是个好脾气的人,他只好试试看。他写的是1956年之后的毛泽东。他的学生写了遵义会议之前一段。在大量阅读和研究的基础上,他汇报了写作基调:毛泽东是一个探索者,他一次次接近真理,又一次次离开真理。这就是一个伟人的悲壮之处。两个月后,24万字的《中国出了个毛泽东》出世。令人惊愕的是,书一出版,就雪片般飞来了260万册订单。1994年,它夺得中国"五个一工程"奖第一名,还为他赢得了国务院政府特殊津贴待遇和省优秀专家、鹭岛市拔尖人才称号。

1994年,沈世豪受托撰写的反映新中国成立45周年的20万字报告文学《走向辉煌》一书,再次创下发行260多万册的纪录,他成为作家队列里最早的"畅销书"作家。

一个人的一生,能和一份这样的奇迹相遇,已经是不可思议的旷世奇缘,而沈世豪竟然屡屡邂逅这样的神奇。他第一次被自己的奇遇吓坏,是在考大学时。那天,临进考场,一个同学口袋里插着一份彩色歌片,是《国际歌》。他好奇地拿过看着,他第一次那么认真地阅读《国际歌》歌词,读着读着,还情不自禁地唱了起来。到了考场打开试卷,那年高考的题目居然是《唱国际歌所想起的》。他回忆着刚刚唱过的三段歌词,借着激情,完成了作文。最后,他被鹭岛大学中文系录取。冥冥之中,谁在助他?

1986年,从来没有拍过电视纪录片的他,受人之邀,用一天时间,看了五六个纪录片,然后就和另一个"三脚猫"一起,联合拍摄了反映南昌起义的《军旗升起的地方》纪录片。片子一出,惊动了当时的国防部部长肖克,肖克说,拍得好!把片子直送中央电视台。后来,该片竟一举夺得了中央电视台金牛奖第一名。

"你说我是不是走狗屎运?"沈世豪总是这样谦虚地调侃自己,甚至说,"我女儿说我总是瞎猫碰到死老鼠。"

无疑,沈世豪的确是一个非常走运的人。但是,在他传奇经历的后面,我们很容易看到一个才华出众、勤奋高效、随和进取的身影。机遇未到,他并非两手空空;机遇来临,哪怕看上去再难再苦,他总是全力以赴、坚持到底。

他从来没有辜负机会。

一个女医生的动情之处

一个看上去高傲冷漠的医生,闲聊到自己的病人,却两度眼眶湿润。

人生最残酷的监禁,可能不是牢狱,不是病痛肢残,而是你独自被关在眼睛为牢锁的黑暗之中。所以,失明的人,一旦恢复光明,那从内心深处爆发的狂喜,堪比生命的再生。

这个医生,就站在这生与死、禁锢与自由的两重天之间。

这个传说中的高傲医生,眼里明显的泪光反射着灯光。她从来不是个爱动感情的人。要请她在"春风般的笑脸"和"冷淡高效救治"之间二选一,她会毫不犹豫地选择后者。是什么让她如此动情?她说,请你不要写我,我可以告诉你几个故事。你感动之余,就知道,在我们医生背后,那个"治疗特困眼病复明患者基金",给予了贫苦人家多大的幸福。

故事一

今年3月,一个28岁的漂亮姑娘摸索着来到医院,来到了陈跃的诊台前。病源性的白内障让她的视力不断下降。她快瞎了,只能手术。一听一只眼睛手术费5000元,姑娘哭了。陈跃说,一般病人是问,手术后是不是我就看得见了?她什么都没有说,哭泣着走了。中午,她进来了,还是哭。原来,这个姑娘在大学二年级的时候,系统性红斑狼疮发病,父母为了她,已经把所有的亲戚同事借遍。所以,大学一毕业,她就一边工作一边为自己治病。她在公司拼命地干,把别人不干的活都揽过来,但即使这样,还不够治病的钱。怎能想到,双眼又快瞎了。她哀求陈跃,手术费能不能便宜点?

这是国家医院啊。陈跃很无奈,但她同情这个绝境中的可怜姑娘。她说,过一段时间,有个复明基金可能到位,也许能帮到你……

看得出女孩认为希望渺茫,她默默走了出去。陈跃说,我看着她瘦瘦的背影,一耸一耸地走远,她是在哭,看得我心里难过极了。我知道,她的视力,过马路都很危险了。陈跃一直惦记着她。两个月后,这个由台商协会公益委员会林汉松先生提供的"治疗特困眼病复明患者基金"果然到位了,陈跃立刻通知了那姑娘。

手术后的第二天,那姑娘一打开眼睛上的纱布,狂喜地跳起来,她用力抓着陈跃的手臂:唔!唔!唔!她说不出话来,好一阵子,她才喊起来:看见啦!我又能工作啦!我看见啦!陈跃看着,由衷地替这个姑娘高兴,她希望这个姑娘能记住基金后面,这个帮助她改变命运的人。他叫林汉松,来自台湾,是鹭岛群鑫机械有限公司的董事长。他是鹭岛台商协会公益委员会会长,鹭岛的荣誉市民。

故事二

今年夏天,一个男子由妻子牵着走进了中山医院眼科。这个男人头发肮脏,脸如死灰,神情沮丧,总是低垂着头。他患有糖尿病、肾功能衰弱、严重白内障。因为不时筹钱洗肾,这个贫病交加、上有老下有小的小家庭,已经濒临绝境。夫妇俩听说这个项目,就搀扶着过来探问。一进门,男子就把椅子踢倒了。他看不清。

问明他符合受助条件,陈跃让他回去好好调理身体。之后,控制好血糖的他,回来了。陈跃为他先做了一只眼睛。因为晚期,他的眼核变得石头一样硬。手术进行得很艰难。但是,手术后,仅仅一只眼睛带来的光明,就让男子的精神面貌和生活状态陡然天翻地覆。他妻子惊喜地告诉陈跃,因为看得见了,他不仅生活自理,而且能看电视、能出门锻炼。光明健康的生活,让她丈夫不仅血糖降下去了,肾功能变好,身体也越来越好了,他天天在笑。妻子说,我丈夫已经4年没有笑过了。他说要好好珍惜生命。

三四个月后,他出现在医院,看到陈跃老远就欢叫着:陈医生!我再来做手术!

陈跃一时愣住了:一个大帅哥,我根本认不出他是谁。原来,这病人竟是这么帅、这么精神的一个男人。

陈跃说,我很感动。我心里一再涌出对林汉松先生的感激之情。他不只是给了我们病人以光明,实际上,他给的是一个人一生的幸福,是一个家庭的幸福!而他行事一贯又非常低调。每次我见到他,都会由衷地代我的病人感谢他。这样的人,非常了不起。如果不是有这样的基金,靠我们医生个人,是无法做到的。

故事三

有一年,有个外省的贫穷老师,利用暑假来鹭岛打工。他只有一只眼睛。不幸的是,上工的第一天,一枚钉子扎进了他唯一的好眼睛里。检查发现,眼睛晶体扎碎了,视网膜还行,可以恢复视力。但他几乎身无分文,连吃饭都是靠同病房病人,一人拨一点饭菜周济他的。医生护士很同情他。陈跃牵着他到办公室,打了多个相关慈善机构的电话,但因各种原因,它们都无法援手。危急之中,陈跃自己掏了1000多元给他付医疗费。

遇到确实没钱却能够救治的贫困病人,陈跃说,我的同事不时都会忍不住自掏钱包。这事她自己并不鼓励,因为医生个人无法面对庞大的病人群,但有些时候,你还是忍不住。那次,那个打工老师还使这个心性高傲的女医生,不仅掏钱相助,还向药商讨药,以减轻他的负担。而医院也对这个特殊病人实行了减免政策。令人诧异的是,手术视力恢复为1.0的那名外省老师,竟然在手术后的次日逃跑了。陈跃并不太介意他一声招呼都不打,她是担心感染。外伤手术毕竟和正常手术不一样。

陈跃说,眼下,真正能帮助这些急困病人的,不是我们杯水车薪、实力单薄的医护人员,而是像台商林汉松先生这样热心慈善的人。每次看到那些原本没有希望救治的病人,因为有这个复明基金,而获得了光明,我就非常感动。在这个物欲横流的社会,希望这个善的种子,通过我们医生,通过病人,通过病人的家人,一圈圈向外传递。

很多病人看到这个女医生,一碰到危急病人,会几天不回家,连澡都无法洗地日日夜夜守候着危险病人,跑进跑出,一两个小时就亲自为病人滴一次眼药水。很多人第一反应就是感谢医生。但陈跃不以为然,说治病救人是医生本职。她希望她的病人,希望外界,把敬意聚焦到那个低调的复明基金背后的林汉松身上。有的病人看到医生劳累,悄悄把家里炖好的滋补品带来,看到陈跃忙完回到办公室,立刻过去请她喝掉;有人送来家乡的粗茶;更多的病人,不善于表达,他们一直抓着陈跃的手,抖着,说不出感激的话。陈跃说,越是贫苦的病人,越不会表达,但我懂他们千恩万谢的心。陈跃都谢绝了他们的礼物。她告诉他们,不要感谢我,真正帮助他们的人是林汉松先生这样的人。一个病人歪歪扭扭写了一封给林先生的感谢信,后来她帮他们写了一封,她告诉病人们,只要想表达感激之情的人,都可以在上面签名。没有多久,上面已经签了100多人。

林先生本人还没有看到这个百人签名的感谢信。我自己也很少见到他。陈跃说,当林先生知道有那么多人亲笔签名感谢他时,他并没有因为那么多人的感谢而惊喜,他说,这么多人恢复视力了,真是太好了。

交警刘哥与孩子

4月3日那个下午,度周末的交警刘哥,正准备带3岁多的女儿去天虹游乐中心玩。

同一时间,在湖里天园大桥头,三个没有大人带领的孩子走上了大桥。他们太小了,而这桥本来就禁止行人通行。果然,一辆驰骋的土方车撞倒了三个宝宝。一个当场死亡,另外两个也死于救治途中。

接到电话,刘哥立刻放下了怀里的小丫头,一路疾驰到现场。

事故发生地是湖里交警辖区,今天虽不是刘哥值班,但作为交管科副科长,这样的大案子让他坐不住了。现场太惨烈了。当场死亡的宝宝被撞变形了,现场是宝宝留下的各种人体组织、脂肪、血液。现场一只鲜红色蕾丝边小童鞋,特别扎眼,让刘哥揪心疼痛。还有一只小男孩的鞋,以及宝宝们红黄绿的沙滩玩具。

处理过三四万起案子的刘哥,对现场血腥的承受力,早超过了外科医生。但是,这一天,刘哥的心在阵阵紧缩。痛。他说,现场太刺激人了。真是痛心啊。不止我一个难过,整个现场氛围肃杀。七八个同事各忙各的,没有人说话。大家很利索地互相配合。我在取证,寻找制动拖印、接触痕迹,现场录像,我们要完成重要证据提取和收集。现场很压抑,大家都一门心思、心照不宣地要把这个案子办好。这些脆弱无辜的小小生命,激发了我们最强烈的使命感:一定要做好!

刘哥特地拍下了那只带血的小红鞋和鲜艳的沙滩玩具。那些天里,他的同事分三四组在行动。走访目击人,做询问笔录。做尸体检验分析。做车辆技术鉴定,做车速分析报告。和家属沟通联系,及时告知事情进展——这不是法律规定,刘哥说,我们主动告知,是让家属们心里有数,否则他们会更加痛苦无望。

那天,他回家已是深夜,等他去游乐园玩的小丫头早已睡去。

这个全市瞩目的案子,在全力以赴地进行。刘哥主要负责内部材料的整理汇总。大案件都是他把关,他还担负起了宝宝家人的安抚工作。一个4岁男孩的妈妈,成天抱着儿子的照片哭泣。刘哥想方设法地安抚劝慰她。大案忙碌期间,刘哥和他的同事,四天一班的日常值班照轮。值班日是一干28小时。这一天,一个交警要接三四十起案子,至少要和60名当事人谈案子和处理程序等。但就在这样的忙碌下,湖里交管科团队在4月11日,就为三个宝宝的事故完成了两本各4厘米厚的事故责任调查报告。

法律规定事故认定期限在40多天。他们仅用了一周。事故的责任是双方共同责任。

那两只小童鞋和鲜艳的沙滩玩具,永远刻在了刘哥心里。

刘哥说,人们看到弱小者,都会有怜惜呵护之心。交警也是人,对三个细嫩生命的骤然夭折,一样心疼入髓。但是,心疼归心疼,在追究责任上,我们一样会秉公执法。

童年的经历,对一个人的成长有着深远的影响。1983年一个孩子的车祸,决定了刘哥的一生。那时刘哥8岁,上小学二年级。发生车祸的孩子,聪明又贪玩,是他最好的玩伴,经常在刘哥家吃饭。两个孩子校内校外总在一起。临近暑期考试的一天,那孩子的座位突然空了。刘哥去问老师,老师表情复杂,却没有说什么。一放学,刘哥便去了好朋友的家。一进去,他呆了。那一大家子人都在失声号哭的场面,令一个8岁的孩子毛骨悚然。大人们没头没脑的对话,使他知道他的好朋友被车轧死了,肚皮爆开、肠子飞出。现场没有人关注这个男孩,他不知道怎么回了家。那孩子出殡的时候,善解人意的父母带他去送好朋友。他幼小的心灵再次感受到撕心裂肺的折磨,他知道了交通死亡的残酷。

当时我没有哭,刘哥回忆说,我一直发蒙,愣愣地看着,全身的鸡皮疙瘩一直竖着。其实,这对我伤害很大,那一两个月我都神情恍惚。本来我每次考试都是名列前茅,而那次期末考试,我只考了十几二十名。我一直不能走出那个情绪,有一个强烈的愿望,在心底出现:当交警,长大我要当交警,我要管好交通管好路。

这个想法,单纯而幼稚。它就那么在刘哥的心里慢慢长大。与玩伴相处的记忆滋养着这个理想,生离死别的撕心裂肺,激励着这个理想。

高考时,成绩优秀的刘哥,分数高得能够进清华,但是,他告诉父母想学交通管理。身为警察的父亲,本来就有警察情结,立刻支持儿子,说,北京的中国人民公安大学,刚刚开设新专业,交通管理系的事故处理专业。

1998年,刘哥从公安大学毕业。一二十年过去了,那个8岁的男孩,已经成长为鹭岛事故处理专家型人才。他不仅对有关的千余条法律法规熟记于心,连保险条例、机动车构造、法医学常识、碰撞力学等关联知识也相当熟悉。

他说,有的时候,我仍然会想起童年伙伴。也许一切冥冥之中都有注定,这就是我的人生起航。我感受自己的社会价值和存在感。也许,我应该感谢玩伴用生命给我指路。

刘哥的童年理想是让人们远离交通事故伤害,可是,工作数年后,他发现只把业务钻研精,只把交通事故处理好,对已经造成的伤害来说都太晚了。只有让人们时时保持对事故危害的警觉,才能真正做到平安出行、远离事故伤害。

帮助人提高交通安全意识,成了他近年来的致力追求。

他主动深入机关、学校、部队、企事业单位,讲授交通安全课1000多场,之后,他在新浪网开通了交通安全宣传主题博客"海岛交警飞扬的心",一线的观察、翔实的记录、鲜活的个案,使他的博客的累计点击量超过30万人次。随后,他开办的新浪微博"交警刘哥",粉丝量更是位居全国交警个人微博之首。

博客使他和鹭岛嘉宾小学的孩子们相遇。以师生全部开博而闻名全国的嘉宾小学,很快就认识了这名交警大博友。他引人入胜的案例、图片以及深入浅出的文字,受到孩子们的追捧。和刘哥结对子的五年级3班班主任吴发莉老师说,他第一次到我们班,穿着警服,帅气的形象,立刻受到孩子们的注意;他的讲课,就从发现我们一个学生松掉的鞋带说起,说明小细节引发大事故。他的交通安全课上得很有吸引力,孩子们迅速喜欢上他。他还带我们的孩子在长青路实地考察交通状况,让学生们增加交通安全感性认识。学校开运动会,他也来加油。当时,学生们知道交警刘哥来了,兴奋得不得了,简直是轰动啊。平时,他会在博客上给学生们留言、鼓劲。这个班的孩子已经和这个大博友交往了快两年。这两年,对小孩子的交通安全意识的培养,有积极作用。

刘哥对孩子的感情特别深。有一次下午1点多,他走出办公室发现外面一个七八岁的孩子和妈妈挨在一起,孩子的面容呆滞而忧伤。他戴着红领巾,吊着白绷带,另一只手的手指也包扎着纱布。刘哥过去询问,果然小男孩刚刚遭遇一起车祸,从医院才出来,过来等处理事故的交警。刘哥回办公室为母子俩拿来了矿泉水,一边询问需要什么帮助,一边打电话,让还在外面出警的交警尽快赶回来。

把时间都留给了外面的孩子、留给理想和事业,自己家的孩子就吃亏了。因为爸爸的时间和别人一样多。家里不到4岁的女儿,基本都是和妈妈在一起,爸爸最多在早上送她上幼儿园的时候,能陪她十多分钟。而说好去玩,一个电话爸爸又改变主意而离去,也很正常。有一天,小女孩病了住院。而他正在侦办一起重大案件,连续几天加班加点、通宵达旦,根本顾不上到医院去看女儿一眼。当他把肇事嫌疑人缉拿归案,匆匆赶到医院,看到女儿的小脸被烧得通红,虚弱地斜躺在病床上挂瓶,他的心痛得不知说什么好,脱口一句:"宝宝,你爱爸爸吗?"当女儿虚弱地回应"爱"时,刘哥落泪了。

他说,我不知道为什么这么问她,我当时就是想问。也许我担心我这个爸爸太让孩子失望了。

春雨花行里的男人

春雨潇潇中,采访完这个花行里的男人,我觉得这个男人的"命中贵人"太多了!5月,他刚刚获得了全国"五一劳动奖章"。

短短9年,这个叫树里的下岗工人,从生命的低谷走向了宏图大展。伴随他步步高的是一路"春雨"。2002年3月,鹭岛晚报社和市总工会联手推出了为扶助下岗人员自主创业的"春雨行动"。银行、工商、税务等部门为他们提供了最优惠政策、最快捷服务。一批又一批的"种子家庭"在"春雨"的滋润下生根发芽。

9年过去了,只有树里走向了成功。

树里说,如果不是有这么多的"贵人"扶持,我不可能成功。当时,我只是有点爱好花木,但我完全没有花木知识。"春雨行动"要我们报创业项目,我不知道做什么,就填了绿化养护。说起来,我当时真是一无所有:不专业、不懂经营、没有关系、没有钱。我什么都没有。

但就是这样一个一无所有的人,在得到"春雨"2万元启动资金后,开始了成功之旅。政府、工会及多个职能部门的鼎力扶持,先放一边。我们先说说他的草根贵人的故事。

拿到启动资金后,许多"种子家庭"很快陆续进入创业状态了,树里还在看店面。花行需要一个店面,可是,店面太贵了。最高的月租金要五六千,最低的也要两三千。他东颠西跑,希望能找个合适点的,不然,一两年那2万元就没了。三四个月过去了,树里的春雨花行毫无推进。

一个叫海哥的人出现了。他不过是和树里一起学开车的熟人,来往并不多。他开着花市,是个行家。听说树里的情况后,他便把自己暂时闲置的300多亩地给树里无偿使用。有了那么大一块周转地,树里进货就有地方放了,公司立刻启动运作了。树里说,不仅如此,老陈还开着车,带着我去漳州进货。那是我第一次,什么也不懂,许多花名我叫都叫不出。是他手把手地教我,这个拿多少、那个要多少。价格也是他帮我谈。后来,我接的第一单大生意,是布置一个大会场。也是老陈带我去先看场地,然后又带我进货。场地布置有学问,什么植物喜欢光,什么品种喜阴,还有花卉的大小搭配,以及根据场地的空间、格局,怎么合理配置花盆。老陈边干边教我。

树里说,我心里对他充满感激。我把他当师父看。现在师父已经不做花木了,树里也成长为大树了,但是,不时地,他还是会去找这位领他入门的老师喝喝茶、聊聊天。

回望9年创业路,滋润下岗再创业"种子家庭"的春雨很多。树里夫妇生命中的这些贵人,有的像老陈,出现在一个重要的节点上,有的尽心完成了一个知识的传播、一些技巧的点拨,比如,市政园林局有个叫花木生产处的地方,那里办公的专家们,树里都叫不出名,可是经常上门讨教的树里,都得到了他们的帮助。他什么都敢问。树里说,我确实不懂,非常基本、非常简单的,我都问,他们心里肯定感到可笑。但是,他们没有拒绝我,总是让我满意而去,其实我们素不相识。还有一个鼓浪屿的教插花的老师杨先生。树里不时带着花木问题上岛去求教。杨老师不仅每一次都认真解答,而且给予树里极大的精神鼓励,他说,就凭你这股劲,你会成功的!

更多的"贵人"是匿名的,树里更不认识,他们在四面八方无声地为他助力,无声地托举他支持他。由于媒体对"春雨行动"的大幅报道,许多单位和读者知道了这个"春雨花行"。树里说,很多人到我的店里要花木,有的人说看到报纸了,更多的人什么也不说,或者说得很含糊,他们要买我的花木。我知道他们都是看了报纸来的,因为我没有打过广告,在同行中也还是没有名气的新人,不可能那么多人一拨拨地来找我。而且,这么多年来,这些顾客,一直陪着我们春雨花行,看着我们成长,一直订购我的花木。如果没有这些热心单位、热心市民的支持,我怎么可能发展壮大？

没有人能随随便便成功。"春雨花行"固然"贵人"多,可是,树里如果没有过人的心血付出,鲜花和掌声也不会从天而降。

其实,对于树里来说,创业很不容易。他选择的是他的知识储备几乎为零的行当,这个行当竞争激烈,已经倒闭了一半。但树里背水一战的拼命精神,弥补了许多缺失。为此,他也付出了极大的代价。采访的时候,树里两度控制不住情绪,眼眶发红,停顿很久,不得不站起来走到一边控制情绪,他以为稳定好了情绪,再回到座位,但记者一发问,他再度失控,这次他没有掩饰,他落泪了。又是较长时间的停顿无语。那时,我们说到了他母亲。

等他再次平静后,记者问,以你的年龄阅历,应该经历了很多事,为什么一说母亲你如此激动,你是不是对不起你母亲？树里眼睛又红了,他垂下头。

2005年,在树里的春雨花行刚刚进入发展期的时候,他母亲病倒了,肺癌晚期。从发病到离去仅4个月。他是家里最小的男孩,上面还有一哥一姐。树里说,从小到大,我们家条件都比较艰苦。记得有一次,家里一分钱都拿不出了,我没钱买中饭,只能饿着。我是在学校吃中饭的。可是,那天,母亲不知道在工厂拿到什么钱,偷偷溜出来到我学校,她一直等到我下课,赶紧把饭钱给我。

母亲病中,是三个孩子轮流看护,一个班8小时。树里说,母亲很痛,而我能为母亲做的很少,就是这么陪陪她,我有时还要我姐代班陪妈妈。我对花行的事太投入了,母亲走的那天,我还带着两个工人在一个会场布置场地。那是农历七月二十。一听母亲危急,我赶紧跑回家,母亲又没事了。我不知道那是回光返照,看她状态不错,我又回去干活了。就是那天晚上,她走了,我不在她身边。

我对不起母亲,但当时内疚感并不那么强烈,树里说,随着时间推移,随着事业的发展,那个压在心底的内疚,越来越强烈。我母亲辛劳了一辈子,苦了一辈子,在我终于能够让她享福的时候,她已经永远走了。

树里欠家人太多了,包括女儿。他把全部身心都投在了他并不擅长的领域里。他得到了很多帮助,也在竭力回馈他人的热心。他一路行走在春雨细润中,既是被滋润者,也是滋润他人者。说是开花木行的,求助者都当他是专家,树里就有求必应地到别人家解决花木问题,像个出诊医生。他说,有些问题能当场解决,但更多的我也根本不懂,尤其是当年。但我一定上门去看看,不行就回来请教高人,再不行就带回来。有的一家要跑四五趟。其实,这些费用远远超过那些一般花卉,比如斑马啊,绿萝啊。但是,我从不推托。忙的话我就利用下班时间赶过去。当然都是免费的。我得到了那么多人的帮助,如果这一点点付出我都做不到,我算什么人?

这么多年过去了,现在已经是大老板的树里,依然不拒绝人们的花木呼救。他去不了就请手下的师傅去。

从掌子面开掘的惊险人生

闽南翔安隧道,是中国的奇迹。

驾车行驶在翔安隧道的人们,一想到自己驰骋在海平面下几十米深处,难免兴奋、肃然敬畏。如今,这个奇迹的创造者们,留下无言的伟大隧道,早已各自散去。只有这条坚固的海底隧道,沉默记录了那一大群好汉的非同寻常,记录了他们令人震撼的勇气和胆略,也秘密收藏着他们多次严酷的海水大战——几乎是葬身海底的、玩命的、卓有成效的抵抗与拯救。

如果,你在隧道出岛浮雕《永不言弃》下,看到目光异样的人,他可能就是那群伟大的建设者之一。他们是幸福的。多少人一辈子奔忙,最终留不下自己的一丝生命划痕;而有些人,因为那些非凡的作品,生命之光永远在那里闪耀。然而,这些人的生活是艰险的,在光荣与成功之前,他们往往时刻准备着,用生命买单。

传说,翔安隧道一名核心的建设者,把自己的婚礼定在了隧道大贯通的那一天。

我们找到了这名年轻的项目现场经理清泉,他连忙纠正说,他不是在那一天结婚的,是在那之后。但他为我们揭晓了当年从不为媒体报道的危险时刻,一幕幕咆哮着生命绝响的非常时刻。当两头隧道终于大贯通时,多少英雄好汉,在贯通处、在大海深处,喜极而泣。如果说,结婚是一个人生命旋律的最强音,那么,贯通那一天,是所有建设者生命的高调沸腾。那份充满成就感的狂喜,超越了世上任何婚庆大典。

清泉一直忘不了2006年10月10日。当时,翔安侧的服务隧道挖掘的掌子面推进了近1000米处,那个位置,在海平面40多米深处,隧道顶距离海水八九米。前一天,他们就发现隧道渗水量比正常量略大一些,他们做了防护。可是10日发现,渗水量在加大,肯定是遭遇渗水沙层了。他们立刻加强防护,但到了八九点,水量突然更大了。他们立刻启动应急预案,将预备的沙袋、混凝土包、方木、钢拱架等立刻往掌子面里回填、压堵。100多人拼命堵,水量却涌泉般越来越大,很快就淹没脚踝。大家都知道,这样汹涌的渗水,是连通了整个大海的海水在灌入。现在是人力和大海的对决。大家拼命地堵,而隧道里的水位一直在升高,恐惧的氛围越来越重,有民工想逃。工程指挥长和现场经理怒喝一声:不许后退!谁也不许撤!那完全就像战场上,拿着枪顶住士兵,必须往前冲。没有退路,一旦垮塌,他们根本跑不赢海水。所有的人,都得死。他们只能拼命堵住海水!

有人回忆说,后来水位到了腰部,所有的力量都投入了,我们路桥的负责人,还有监理、设计单位负责人。施工单位的组长、队长带头上。当时,电断了,隧道里非常黑暗,只有手电,工人们心更慌了。我后来看到,一些设计人员脸都青了。是的,堵不住,不只是大家全部葬身海底,整个工程也就报废了。翔安这一侧三个洞都是连通的,一旦海水下来,那么,20多亿的资金全部泡汤了。而翔安隧道,是万众瞩目的中国大陆第一条海底隧道。

没有退路。紧急抢险在玩命地进行。隧道是下沉式的,隧道被海水占领了100多米,水没胸口,最深处竟达3米,他们不得不启动第二预案。他们后退120米,开始飞速建造混凝土"封堵墙"。这时,两头隧道四个施工队组团大投入,增强"封堵墙"承建力量。他们必须抢在海水入侵到这个位置前,用早凝剂,急速建好1米宽的封堵墙,堵住海水。后来这个封堵墙加宽到3米厚。终于,他们把渗透的汹涌海水挡住了!事后,通过特殊的施工技术,他们把这曾经被海水占领的120米隧道,又夺了回来。不过,海水也给了他们重创,他们花了3个多月才收复失地。

当时,你有没有想到会死在里面?我们问。

当时太紧张了。每分每秒盯着,不断地组织调度,没时间去害怕。等最后危机解除,自己想想,真是后怕!

当时,你们这几个"督军",一点都没想到死吗?

实在太紧张了,光想这是你的责任,你必须在那里。

整个施工,经历了这么多的风险,你有没有想过,也许哪一天进去,你就再也出不来了?

有。大家都想过。包括工人。所以,最危险的事,我们都不会让家里人知道。

清泉的妻子,永远不清楚清泉的危急时刻。她只知道清泉是施工现场的灵魂人物,在隧道工地值班彻夜不归很正常。一个又一个重大的危险时刻出现,清泉的妻子(那时还是女友)都会被清泉置于祥和安宁之境,不被一丝恐惧惊扰。而隧道里的人们,再次浴"水"奋战,逢生面死,赌命经受极为严峻的考验。

那一次,他们遇到风化层,掌子面右顶突然掉下大土块。这个位置在隧道近2000米处,海水50米深处。石头土块纷纷往下掉,越掉越多,他们紧急安排支护,没用,掌子面又开始出水,出浑水。施工人员都知道,出浑水比出清水更加危险,它意味着遭遇最糟糕的地质。又是一次和海水的拼死决斗。海水涌过脚面,头上石块大量掉落,非常吓人。但好在他们和海水有过一次千钧一发的凶险过招,更有不时出现的大小危机磨炼,这一次,虽然危险异常,但抢险最终还是成功。这次,他们在后退10多米处建起了封堵墙。海水再次败北。

翔安隧道耗时4年8个月,全长8.69公里,其中海底隧道长

6.05公里。海水中隧道覆盖层最薄仅为5.7米,是目前世界上覆盖层最薄的海底隧道。隧道最深处位于海平面下约70米,其规模与难度都堪称世界级海底隧道工程。隧道中开挖的土石方几乎可以将埃及大金字塔塞满。使用的支护用锚杆、钢架、钢筋网、衬砌钢筋等钢材约5万吨,相当于7座巴黎埃菲尔铁塔。

2009年11月5日,下午4点。两头同时开挖的隧道,在这一天,这个时刻,就要贯通了。中间只相隔1米。24吨炸药到位,两边人员都撤在百米安全距离之外。

轰的一声巨响,烟雾弥漫,有大风吹来,是爆炸的冲击波。清泉第一个冲向爆炸点。

通啦!无比精准的大贯通!两头开挖的隧道的连接处,相接得几乎天衣无缝,后来的测试仪显示有偏差十几毫米。根据规定,这样的两头开挖隧道,对接时可以允许十几厘米的偏差,而翔安隧道,仅仅偏差1厘米多!

清泉喜极呼喊。他知道,大贯通还意味着,隧道的风险基本排除。

那一时刻,两边的施工者呼叫着奔向对方,几百号人号叫着,认识的、不认识的,紧紧拥抱在一起,有人哭,有人笑,有人泪流满面,有人狂吼尖叫,仿佛一生只为这一天。多少辛劳、多少恐惧、多少梦想和委屈,终于在这一刻转为巨大的欣喜,无论是"督军"

还是工程师,无论是普通一兵还是挑土民工,每一个人的激情都在海底井喷了。这是男人的世界,是他们不惜以生命为代价,赢得的齐天自豪。四五年的海底穿越,大家都曾害怕过,但是,当无可回避的责任临头,好汉们只能选择接受,迎接挑战。

大贯通的硝烟散尽,清泉从那个点开始步行,他一步步走回了鹭岛。那一夜,清泉大醉被人送回家。他说,很多很多人,都在那一夜醉了。

现在,翔安隧道成为一条高效美丽的交通线,日夜有汽车在里面奔驰。那些建设者都微服于人间。人们辨认不出这些伟大的身影,但是,他们和隧道一样,很难被人忘记。清泉说,我几乎每天都经过隧道,每一次我都会慢慢开,边开边看,好像是以前的施工检查。我心里充满爱惜之情,就像看我自己的孩子。有时听到有人在感叹、赞美隧道,我心里就特别得意、舒服。

"双节棍"医生

这个医生的爱好,超出了病人、超出了一般人的想象。他迷双节棍。

他迷的就是李小龙的双节棍。只要不出差,每天,他都会在天亮之际,在无人认识的白鹭洲公园一角,来一套酣畅淋漓的双节棍,然后精神抖擞地去医院。一个出差归来的向晚时分,海湾公园的一个大圆台,引发了他的锻炼冲动。数分钟哼哼哈嘿的双节棍下来,他打得气喘吁吁、痛快忘我。停下歇息时,一个小男孩悄悄过来触摸他的双节棍,他一回头,才发现大圆台下的围观者已经上百人。医生不好意思,赶紧仓皇逃遁。

他是鹭岛一医院消化内科的顶尖医生,姓任,是个医学博士,先后培养了20多名硕士生、博士生、博士后及海外生。多次受邀在国际及全国医学大会作专题报告。临床擅长疑难胃肠病和各类肝病的诊治以及消化内镜的应用。很少有人把柳叶刀和武术联系到一块。但任医生从小就是武术迷,尤爱李小龙。每到香港出差,必定打的到西鹤小住去看看李小龙故居;每到美国,李小龙事业的起点和墓地,奥克兰与西雅图,他都会尽力去膜拜祭奠一下。他甚至因为自己生日、结婚日跟李小龙的人生数字巧合,就孩子气地认定自己和李小龙有特别的连接。他认为,李小龙的武术,已经是一种人生哲学和智慧。和他真正意气相通的是李小龙的精神品性:放开手脚、勇者无惧。这是他的精神旗帜,也是他带领的医疗团队的精神旗帜。换句话说,正是这种李小龙式的拼搏霸气,让鹭岛这个不起眼的、小小的地方医院消化内科,上个月,一路过关斩将,拼进了国家队。

国家临床重点专科评定工作是去年2月启动的。就消化内科而言,整个福建省最后往卫生部报送的只剩3家,双节棍医生的团队,名列省内第一。各省共有90多个精英学科汇集到卫生部,再经过"双盲"审核程序,即谁在审核你、你被谁审核都不知的情况下,又淘汰了三分之二。鹭岛大学附属中山医院消化内科,成为留下的30家之一,被通知准备到北京完成答辩。

答辩程序非常严格,每个送评候选单位,15分钟汇报,10分钟答辩。如果超时,屏幕立即变黑。答辩席上全是中国顶尖专家。为了通过答辩,双节棍医生的团队全员投入,这个拥有10名博士,6名留学归国人员,7名硕导、博导、博后导的团队,全力以赴。任医生说,放开手脚拼!作为一个小地方的医院,我们放开手脚都跟不上北京、上海、广州、西安的大医院,如果再自我束缚,那我们肯定就输定了!这个团队加班加点,制作了42页PPT汇报材料。之后,他们又请厦门大学生命科学院的6名专家试听了汇报,再次征集意见,进行了完善。

放开手脚、无所畏惧,前前后后,双节棍医生试汇报,竟然练了100多次。每一条要准确传递的信息,每一张图片与介绍文字的精当控制,可能面临的提问,都在反复琢磨锤炼中。12月8日,双节棍医生在京城的汇报,一举成功。尽管京城专家突然问了个他们准备之外的、有关福建省消化疾病谱的问题,任医生依靠平时的观察积累,就长乐胃癌、同安肝癌高发的情况,简洁准确地诠释了状态成因。这一场漂亮的汇报答辩,赢得了"重点突出、特色分明、准确到位"的好评。一个小地方的医院,就这样一步步战胜全国各路英杰,跻身中国顶尖的专科行列。

隔行如隔山。我们听出来这个"国家临床重点专科"的金牌可贵,却不明白它对本地老百姓有多大的意义。任医生介绍,原来,这个1000分的评定体系,临床医学水平占了600多分,教学水平、科研水平、学科建设等占了三分之一。也可以理解成,会看病、能看病、善于看病是最根本的。任医生说,"国家临床重点专科",是对一个专科整体综合实力的认证。今后,我们由此将得到国家每4年一个周期的500万学科建设费用,这能放开手脚做很多事,比如科里能聘请具有国际高水平的人才,每年到鹭岛工作两个月,等等。这是一个可以有大作为的高级平台。

任医生的平台意识很强,鹭岛中山医院消化内科,从2002年开始建科,就一直在追求向上梯阶。9年来,双节棍医生领着这个团队,2003年拿到"鹭岛重点学科",2004年举办"第六届中国胃病大会暨亚太消化研讨会",2006年成立"鹭岛市消化中心",2007年创立"海峡两岸消化论坛""鹭岛大学消化疾病研究所",2008年成立"中华医学会消化内镜培训基地"和"海峡两岸消化疑难病会诊基地",2009年举办"第二届海峡两岸消化论坛"。

眼花缭乱,就像双节棍飞舞。我们问了一个问题——

我们采访过不少医生,经常感觉鹭岛医疗界精英荟萃,人才济济,可是,同样的我们又听到不少自卑叹息和无奈,认为鹭岛医疗水平和全国高水平城市相比,依然差距不小。这个问题,你怎么看呢?

任医生说,你们说的这个问题是存在的,但是,正在改变。

一个医院、一个学科的临床医学水平,看它的一些数据就能大致知道,比如门诊率、出院率、治愈率、治疗手段等。任医生谈到了自己熟悉的消化内科。消化内科是个大科,管的是人们的食管、胃、大肠、小肠、肝、胆、胰。他说,目前,我们接诊的外地疑难病患者,约85%我们能够治愈,但有15%解决不了。这里,分两种解决办法,我们就依托海峡两岸消化疑难病会诊基地的专家库,到上海仁济、北京协和等医院为患者请外援。请来的医生,他发现问题和解决问题的能力,不仅对病人帮助很大,对我们自己的团队的进步和提升也非常重要。如果仅仅来外援还不够,还需要治疗机构多学科和设备配合的,我们就会帮助患者直接联系合适的专家所在的大医院。同样,我们会通过专家委员会的反馈机制,跟踪病人治疗的结果。所以,这也是鹭岛医生进步的通道。

是不是可以这样理解,鹭岛人的消化系统疾病,是特别有保障了?

双节棍医生微笑。这是代表整个团队自信的微笑。我们问,剩下的15%的范围,还能缩小吗?任医生没有正面回答,他说,两年前,来了个32岁的女患者,她的病症非常怪异,我们科反复会诊讨论,最终确诊是"肝脏T细胞淋巴瘤",这种肿瘤,全世界仅报道过3例。因为诊断早,对症下药救治及时,这个女病人现在还活着。

双节棍医生喜欢看书,他认为一个医生的人文修养,有助于对病人的理解和沟通,有助于医生眼界、心胸的开阔。马可·奥勒留的《沉思录》他看了三遍,还推荐给整个团队看。在他的影响、激励下,去年这个团队的流行书籍是《这才是最牛的团队》《追求卓越》。双节棍医生常说的话是"眼界决定境界,格局决定结局"。年轻的医生经常和他探讨普世价值问题。任医生说,普世价值是正确的,但我们的社会现实不同,我们通过自己的身体力行,点点滴滴地改变他人、改变社会。这样,社会才会不断进步。

有一年,鹭岛筹办了规模盛大的"第二届海峡两岸消化论坛",两岸三地60多名大腕会集鹭岛。开幕式晚会上任医生本来要来一套双节棍,轻松娱乐一下,但是,他没有表演成,会前一周演练的时候,一个电话让他分神,双节棍立刻挤伤了手指。伤不碍事,但医生稳妥谨慎的品性,使他放弃了晚会上的娱乐表演。作为主办方核心人员,是八方贵宾的联系中心的中心,他不敢冒昧误事了。

痴迷头等大事　追求顶上人生

阿武不像个发型师。整洁斯文的发型,白皙清秀的脸庞,朴素的白外套,深色长围巾,看上去就像文艺青年,完全没有普通美发师"发不惊人死不休"的摇滚、朋克模仿风。但是,他已经是名动江湖的大美发师了。我们如约去采访的时候,一名电视台主持人正在焦急地要他整整头发。做完,主持人热烈欢呼:爱死你了!我要一辈子跟着你!

阿武脸上始终有种羞涩的笑意。他说,很多女孩会这样表达,但我知道她们是爱新的发型,而不是我。

他承认自己腼腆。这个从小就羞涩腼腆的人,一直痴迷美发艺术。在学校住宿的时候,这个"臭美"的少年把方便面调味包里的油包,全部当头油,一次次抹在了自己头发上。这是自创的"啫喱水"。那时候,少年追求的是健康、滋润、亮泽。

20年过去了,这个在福建省美发竞赛中多次获奖的小伙子,依然倾心"健康自然"的格调。他说,我并不提倡烫发,我尽量用剪刀。很多好发型,是剪刀剪出来的。当然,我也知道烫发染发比较赚钱。他一刀刀剪过一小时的头,他也八刀搞定过一个美女的卷发头。有一批相当讲究的男顾客,有几位是每周必来修剪一次。剪了半天,地面几乎看不到头发。那种头发末末的修剪境界,恐怕不是一般的"自然控"能理解的。阿武笑道,其实,男人比女人更讲究。

据说,看一个美发师是否优秀,就看他是否会出神入化地用剪刀。真正的美发师,必定是剪刀王。但是,真正的美发师,不是随随便便就成功的。2002年,阿武从最低级的洗头工干起,如今,他已经成为大美发师。回忆洗头工生涯,他笑道,手天天都是裂的,包扎的胶布脱开了,伤口一动就出血,洗着洗着,泡沫都变红了。

他比一般人更快晋升到小师傅阶段。为了磨炼手艺,他拜托他的同学帮他联系了工厂的工友。每天下班,他就带着剪发工具去免费为他人剪发。每晚剪到深夜,12点之后,公交车停了又没钱打的,他就步行四五十分钟回到莲花二村。每天如此,连续做了三个多月,他从最初的一晚上剪一个头的发型,到一晚上能剪7个头的发型。累得筋疲力尽,有时累得澡都没洗就睡下了。小师傅时期是他技艺突飞猛进的时期,他每天满负荷运作,最多的时候一天剪40个头,平均每天25个头。每月有两天休息,但他一到休息日,就到师傅店里,观看师傅剪发去了。那三年,他几乎一天也不休。一个爱美的小匠人,最终走向了美发艺术。他能通过顾客的脸形、肤色、气质、职业,去寻找最合适的发型,他也能看一眼图片,基本恢复那个发型的做法。这个无名小辈,锋芒初露,已经有力地挑战大师傅了,一些顾客从大师傅手里转而投向他。师傅独立开店的时候,立刻把他聘走了。

阿武认为做人和做头发是一样的道理。头发你要分区,一块块地修剪,做人也是,你要一天天实实在在地做。诚恳和勤勉就是最基本的原则。很多顾客和他成了朋友,他们甚至建议并为他联系赴日、赴我国台湾的机会学习观摩美发技艺。所有的手续,都是他们在办理。阿武说到这里,很感动的样子。一些男顾客和他肝胆相照,最重要商讯也和他分享,让阿武在其他投资领域也获得了成功。阿武是温和斯文的,从来不对顾客发脾气。一些脾气大的顾客,因为发型不称心,能把理发工具摔出店外,美发师也可能认为顾客不可理喻而气得猛摔梳子。但是,这些事,在阿武这里从来不会发生。他总是温和的,有商量的,通情达理的。不过,他有自己的原则。比如,他谢绝夜场小姐进他的店。

现在,阿武拥有1000多平方米的美发店,但是,他就是不愿接夜场女子的生意。夜场女子消费频次高,钱来得快,为什么反而不要这样的顾客?阿武说,我原来也接的,那时候我没有力量谢绝,但是,我不习惯她们的放肆语言和粗俗做派。我站着做她的头发,她坐着不断跟我说乱七八糟毫无顾忌的东西,男人怎么泡她等,这些都让我很不舒服。我可以拒绝这样的小环境。再说,如果我都不舒服,我的那些正常顾客也一定不会愉快,所以,后来我都不接她们的生意。一次没空,两次没空,三次不在,她们就明白了,也就走了。

这个有点像琼瑶片里的文艺男生,从不发脾气。但是,有一次他大大发火了。

有个长相不错的女大学生,不知道哪次做头发爱上了阿武。她没事就到店里看他,有空位置也不坐,直愣愣地站在阿武身边看着他。阿武被那长发女孩看得不自在,说,你让开吧,你这样我没法工作!女孩说,我看看就走,我五分钟就走。阿武无可奈何,只好再忍受她的端详。几分钟后他再催请,女孩说最后两分钟,或者说最后一分钟。阿武说,我不知道她是不是疯了。一个大活人,这么近,一个劲老盯着你看,你怎么松弛舒服?一开始我被她看得手都发抖,我只有在美发大赛的时候,手才抖过。这个状况持续了三个月,慢慢地我的手也不抖了。我的顾客也不断以此逗乐。但是,我实在很恼火,毕竟影响工作嘛。有一天晚上,她又来了,我劝不走她,火冒三丈之下,提起她的胳膊一口气把她提溜出店外,一直拎到南湖公园门口,对她大吼:再也不许来了!再来我不客气!

从来让顾客如沐春风的美发师,第一次怒发冲冠。女孩也许真被他吓住了,也许伤心绝望,从此,彻底消失了。这就是美发师脾气的底线了。天知道这个女孩,到底痴迷这个美发师什么。

关于个体形象设计,据说有这样一种观点:一个女人,不论服饰多么出色、妆容多么精致,只要她的发型错误,她的整体形象必定不得分。换句话说,发型,是个体形象的重中之重,是装扮的灵魂。所以,一个人最应当发掘的是,自己找到最合适的发型。有人说在亚洲,日本人和韩国人看上去大都整洁有度、气质良好,其实和他们全民性地讲究美发有直接关系。头发讲究了,服饰、妆容自然就会被带动。

服装是可以异地购买的,但是,一个城市人们的头发,基本来自"本地产"。有人说,看一个城市的人的发型如何,就知道这个城市美发师的水准和品位。看来美发师这个职业,肩负着一座城池的美丽与魅力的展示与表达。阿武相信,这样的美发师,鹭岛还不算多,但是,他们会和这个城市一起成长。事实上,只有这样有艺术追求的、有品位的美发师,才可能取得最后的成功。

32 岁的"超级毕业生"

他站在三名面试官前。这是最后一关了。

从两个月前的网络报名,全省数百名大学生投入的海选开始,报名、公布简历、网民投票、鹭岛笔试、群体面试、福州面试……一级一级冲浪、"厮杀"下来,现在,仅剩下 13 名佼佼者。今天,有 5 人最终留下。这是全国著名房产公司万科的"超级毕业生"选拔活动,它以过关斩将的方式,在大学生中遴选自己的精英实习生。

这是决定命运的一个下午。东哥很镇定。凹字形组合的沙发上,不动声色的面试官请他坐在一个单人沙发上。照例的,自我简介。但是,东哥说:"我必须更正一下,关于我的年龄。我不是 22 岁,而是 32 岁,我比普通毕业生大了 10 岁。"举座哗然。不,这个词也许用不上。阅人无数的面试官,虽然惊讶但依然保持冷静。

他们看着他,请他做出解释。

"视频简历上,我没有写年龄。发给你们后,大概工作人员以为我漏填,想当然地帮我填了和大家一样的年龄。关于年龄,我想我可以选择沉默,但是,填错了,我只能更正,因为我不想撒谎。"

这是一个冒险之举吗?门外,还有等候的12名年轻的强硬对手,东哥并没有多想。"事实上,"他说,"澄清了这个问题,我得到了轻松感。"

为什么会比别人老10岁?面试官深不可测地看着他揭开10年之谜。

1999年,东哥毕业于湖北宜昌师专。之后,他在当地最好的中学五丰一中任初中部数学老师,很快就做了班主任。2003年,他把他那一届的学生送进了高中。他向学校辞职,然后,和他的学生一起坐进高中教室,成为他们的同学,寒窗苦读,三年后,他再次参加高考。2006年,他考进厦门大学。而他原来的目标是全国前十名的一类大学,因为,这个老高中生的成绩,基本都是五丰一中的年级前三名。

为什么要做出这样的选择?面试官的疑问,代表了所有人的困惑。用10年时间,来准备人生的一个新的出发,是不是太不可思议了?

东哥说:"我并不是追求学历,也没有大学情结。我在师专没有学到什么东西,正是我的经历告诉我,我必须再提高素质,开阔视野。我想要一个更丰富的人生。"

四年苦学,鹭岛大学建筑与土木工程学院,更新了他的知识结构,还给了他一批层次更高的有理想的同学和朋友。在大学,他是班长、党支部书记;他老在献血,七次还是八次,自己也记不清了,从全血到成分血,他参加了鹭岛AB型成分血志愿者小组;每一年假期,他都走得很远,到陕西、甘肃参与社会实践,到四川绵阳"西部梦想"当了志愿者;捐赠、支教、做社会调查。他还跟同寝室的同学一起,常年资助甘肃的一名学生。

行万里路、读万卷书,东哥对自己选择的新人生,非常满意。

这一场最后的面试,面试官破例地给了他比别人更多的时间。

万科最终选择了这个"老家伙"。

万科是对的。一个有雄心的企业,一定希望网罗有雄心的人。这个人必须是正直的、有社会责任感的。东哥说,我想,他们选择了我的人品,看中了我的经历。

东哥有两个外号,亦正亦邪。正的叫"东哥",老资格摆在那儿,好理解。邪的叫"教主"。这个外号,其实折射的是他的个人魅力,是他的意志力。这绰号的流传范围,主要在五丰一中。

公平地说,东哥的选择,使五丰一中失去了一个优秀的老师。

到一中的第一年,这个年轻的数学老师,每一天6点多到学校。6点多,学生就开始早自习了。每个班都有值班老师代为监督,但东哥必来。他只有一个朴素想法:决不让学生抄作业。我认真地教,你们认真地学。抄袭作业,学生就学不到真本事,这会害死人。现在回想起来,东哥说,自己还真是擅长当老师。学校也独具慧眼,在新老师里,这个师专生,成为唯一的一个班主任。他先教初一,之后又从初一带到初三。全县中考,总分第一名、第二名、第三名,全部出于他的班;全县数学第一名、第二名也在他的班上。

这个年轻的老师,是不好惹的。考试监考,他发了卷子就走。但是,很快学生们就明白了,在教主手里没有那么好混。他会出其不意地出现,作弊者根本无法招架。几次之后,恶猫不在,小老鼠们也老老实实地考试了。东哥干脆不监考了,可是,学生们对他还是又敬又怕,再顽劣的,也不敢造次。教主不仅狡诈,脾气还不好,好几次暴怒中,把教室的门踢坏了,结果只好自己又去修补。有一次上课,一个捣蛋学生竟然用小刀把同学的手割出了血。教主自然暴怒相待。

东哥说有时真想揍他们,但他只要沉着脸站在学生面前,说,你难道真要我动手吗?!学生基本就屈服了,毕竟是初中生。东哥对自己的粗暴,也时常抱歉。发作之后,他会做一些弥补举动,摸摸学生脑袋,拍拍他的肩。学生一下子就释然了。他们不得不承认老师的个人魅力。正是这样,当老师忽然坐在教室最后一排,当起他们的高中同学时,这些学生一开始不自在,但很快就和他混成兄弟了。

这个比他们大10岁的高中同学,当然学得比他们轻松,尽管他上课几乎不发言。他的成绩一直非常优秀,可以辅导兄弟们。但是,他依然极为刻苦,夜夜苦读。他家庭条件不好,但从没有去打工,而是把他当老师攒下的钱,包括家教辅导费,全部贴在了新追求上。

那些认下教主的同学,就这么和曾经的老师,一起努力,玩命读书。有时他们也集体逃晚自习,溜出去好好吃顿火锅。教主不时头颈酸痛,小的们都过来为他按摩推拿。一日为师,终身为师。老师对目标坚定不移的追求,始终激励着这些学生。还有更多的人被他感动,四年大学期间,除了助学贷款,东哥的生活费用都是亲朋好友支持的。不过,他也不闲着,为自己挣得了2万多元的奖学金。

今年春节前,万科打来电话:安心回家过年吧。基本没有问题了!

东哥,这个32岁的老大学生,成为全省"超级毕业生"的5名之一。万科表示,他们慎重考虑过了,东哥的年龄是大了很多,可是,他的经历更说明了他与众不同。

一个月后,东哥远赴贵阳,走马上任土建工程师,开始了他的新人生。

和本真的自己相遇

这个故事,可以叫一个少年和一张报纸的故事。

15年前,一个淘气少年,因为路见不平勇追扒手,和《鹭岛晚报》结缘。这张报纸对一个英雄少年的肯定和彰扬,改变了少年的生活轨迹。

一张报纸,标注了他的两面人生。之前的他,用他自己的话来说,是"吊儿郎当、成绩算差";之后的他,也即他的正面自我被社会肯定后的今天,已经完成了本科学业,成为深受学生喜爱的阳光孩子王。他获过省生物教学设计一等奖,获过华东区优秀教案二等奖,获过优秀教师、优秀辅导员等称号。前些天,他的户外生活被媒体报道后,在微博上,他的丰富的现在与侠义的过去,被他的大一、高一的弟子们热转。初一的学生还小,他们偷偷把报纸剪下来,带到班上传阅,然后,孩子把对唐老师的报道,贴在了班级墙上表扬栏中。

先让我们回到15年前的那个历史转折点。

那天傍晚,读高一的小唐放学回家。中巴停靠在莲花路麦当劳站。突然,他听到身后有乘客对他人喊:你的东西被偷了!扒手要下车了!正在下车的小唐,看到他前面的年轻人摸了下他自己的口袋。他直觉判定他就是小偷。他立刻叫住他:你偷人东西!年轻人扭头否认。小唐说,那你把口袋里的东西拿出来!年轻人指着远处说是那个人,企图转移视线脱身。小唐盯住他,坚持要他掏出口袋里的东西。那人见无法摆脱,掏出扒来的手机一扔,就飞跑出去。小唐拔脚猛追。几十米后,他扑倒了小偷。另一青年及时出手,压住了扒手。很快,失主、乘客们都围了上来。最后,警方在扒手的后腰搜出了一把匕首。15年前,这则刊登在《鹭岛晚报》头版的见义勇为消息,最后一句是,小唐见到匕首,只是笑了一笑。

少年家一直订阅《鹭岛晚报》。次日看到报纸刊登了自己的事,小唐还不好意思跟别人说。但是,看到报纸,校长、书记来找他了,一番热情谈话,肯定了他的行为。隔天,学校在全校表彰了这个高一学生,并颁发了"文明学生奖"及奖金200元。一下子,小唐声名远播、花香墙内外。老师们都知道了这个高一男生。

小唐从来没有获得过这么多的肯定和鼓励。他成了校园名人。很多学生在打听他,有学生专门要来认识他;有些高年级的女生,好多个一起来高一,就像组团前往一个景点欣赏美好风光,学姐们都想看看这个见义勇为的少年。小唐自我评价是个混混沌沌、淘气、普通偏坏的学生,但自从他成为英雄,大家就用新的眼光看他了。如果他考试偷觑别人的卷子,老师就会说,你是英雄哎,还打算作弊?如果学习不认真,人家会说,哎,你是英雄啊。

一个在他看来平常的行为,因为报纸宣传,因为人们的颂扬,他被推到了一个新的人生高度。小唐不得不重新审视自己。

十多年过去了,小唐说,回望自己,他心里充满感激。他说,那事情之前,我真的算一个差生,我没有自己的位置。尤其是进高中后,我找不到自己的方向,浑浑噩噩,学习没有动力,成绩很烂,成天不知道干什么好,情绪很低落。胃口很差,也睡不好。有一天,我父亲竟然突然问我,你是不是在吸毒?我很吃惊,我才知道原来我的脸色、我的状态已经是如此恶劣不堪。抓扒手那事发生后,让我看到许多人对我的正面反应,我一下子获得了许多正能量。我慢慢清醒了,我明白了,其实,我也是可以获得肯定的,只要我努力。那个事情是我人生的一个转折点,它使我重新认识我自己。正巧,学校文理分班,我通过分班,和过去的我告别,我不再和那些依然浑浑噩噩的学生混了,我有意接近好学生,渐渐走进了那些爱学习、爱运动、竞赛上进的学生圈子。两年后,当我考上大学的时候,很多人觉得有点像奇迹。而我明白,正面的力量真的很鼓舞人。

接受采访时,小唐穿着休闲大短裤、休闲凉鞋,骑着他的折叠自行车就来了。采访中他回忆说,我父亲曾说,你当老师怎么可以穿着短裤?可能他觉得我还是吊儿郎当吧。传统意义上,老师应该穿得一本正经,端着师道威严。小唐说,但我理解现在的学生,正是这样轻松普通,我让他们感到没有距离感。

没有距离不仅来自外在服饰,更主要来源于小唐的成长经历。已经有十多年教龄的小唐老师,看上去就是一个大学生的样子,健康、阳光、明亮、反应敏捷。他说,因为自己走过的路,所以,我特别能理解那些混沌学生。小唐同样相信平常教育、个人修养的作用。他认为一个在关键时刻的选择,是没有思考余地的,谈不上权衡利弊得失,它反映的就是你平时的积累和信念。这也是教育树人的意义所在。

2003年大学期间,正值非典。学校禁止学生们外出。那天晚上,他走过五楼宿舍,忽然看到学弟的房间里有两个陌生青年。小唐走过去了又感觉不对劲,他折回头,进去问他们找谁。对方说找老乡。小唐说,老乡叫什么?对方支吾答不出,其中一个说"我去叫我老乡"就溜了。小唐已经确定来者不善,坚决堵住另一个。那青年一看,夺路就逃。小唐直追下五楼,追过校园,然后随着那人翻越过学校不低的围墙。他穷追不舍,一直追到一个建筑工地,终于把小偷追到瘫软,他自己也喘不过气来,所幸同学们也陆续赶到。小唐将小偷的皮带解下,捆住了小偷的双手手腕。他笑,这是他第一次见义勇为在现场从警察那里学会的一招,原来皮带还可以这么用。

不久前,在中山医院附近,一个小偷尾随一个女子,在偷她的双肩背包。女子走着,浑然不知。小唐冲过去大喝一声,小偷闪了。紧跟着,后面来了两个年轻人,他们狠狠地瞪着他,小唐也狠狠回瞪他们。他的无畏无惧,就来自那份邪不压正的信念。他坚信,一个社会应该有个好的秩序。不过,作为老师,在撒播正义与秩序的种子,传播与人为善、乐于助人的观念的同时,他并不鼓励学生轻率以弱冒险,见义勇为一定要量力而行。他说,记得当年抓扒手,报纸上登了我的全名和学校,我父母非常担心,怕我被报复。父亲马上让我去剪头发,改变了外形。在中山医院遇上的被我终止的行窃,其实让同行的我妻子非常担心,但她非常了解我,她没有当场反对,但之后,她要求"我们快打的走"。

小唐理解父母妻子的担忧。走过生命不同阶段的人,理解力也相对宽广。对于自己的侠义传说,小唐有点意外。他说,因为这个社会太冷漠了。小悦悦事件、老人摔倒无人扶助、捡了他人东西理直气壮地不归还,等等,社会风气令人失望。可是,我们每个人都有困难的时候,内心都有希望被人帮助的时候。呼唤扶危助困,渴望侠客,这就是人们"英雄情结"的心理背景。

回望自己这15年的历程,小唐老师对现在的教育价值观担忧,为学生的成长担忧。他说,现在,只要你书读得好,即使人品不端,似乎也没有人顾虑你的前程;而反过来,你人品优秀,但读书成绩一般,那么,对你前途不看好的人就很多了。我在想,我的学生,有没有他们的老师这么幸运,他们有没有像我曾经拥有的那样一个契机呢?他们有没有机会赢得命运中的这么一个支点,让他们醒来,回到自身,无论对人对物,都有一个积极正面的心态?

一个饥饿小孩内心燃烧着的生命激情

在我热切喜爱过年的年纪,这个世界上的东西,只有两种分法:能吃的,和不能吃的。

我妈妈有个老乡,是个右派。他坏了一只眼睛,里面装着玻璃球,在镜片后面,看起来像上浮的死鱼眼睛。他的外号叫唐王八。看起来确实像个坏人。但是,他有鱼皮花生吃。他回老家总会带给我们分享。那真是令人心尖发颤的极品美食!每次,我都舍不得轻易把它咬破,它会在我口腔里溜冰滑翔翻跟斗,微咸透香的外皮混沌之后,我才会轻轻地咬啊细细地磨,每一颗鱼皮花生都能把我变成一只香炉,嘴巴、鼻孔、眼睛、耳朵、皮肤都在冒着鱼皮花生的酥香。那感觉,真是一生只为这几秒。

一个有鱼皮花生吃的右派,显然比没有鱼皮花生吃的右派,更像好人,甚至比其他没有鱼皮花生吃的红色群众都更像好人。那个时候,在我看来,给我吃东西的——好人!有东西吃,又吝不分享的——坏人。

比如说我邻居。那时候宿舍楼有一道公共走廊,连接着十多户人家的日字形套房。他家太讨厌了,时不时在走廊煮各种让人胃痉挛的美食。那阿姨在冷冻厂工作,家里总有吃不完的猪下水、鸭脖子什么,而且总是煮得香气汹涌。虽然他们家藏在屋里煮,可是,那放肆香氛,还是尖锐地侵袭了每一个人。住他家隔壁的一对上海大学生夫妇,被刺激得厉害了,就愤愤不平:呔!成天鬼鬼祟祟地吃这个吃那个!谁稀罕啊!

作为他们家小孩的玩伴,我不时造访他们家。他们家除了美食,还有一种奇怪的味道,别人家没有的。所以,我一直以为,那个稀罕的味道,就是"食物丰富"的味道。一直到我长大才惊悉那叫狐臭。但觉悟归觉悟,每次劈面邂逅那个味道,我的大脑就自动和富裕联系在一起了。

话说我哥有个小伙伴,叫宝宝,家里也是跟老鼠仓库一样,有很多食品。但是,他妈妈不让宝宝和其他饥饿的野孩子一起玩,总把他反锁在家。那个孤单的小孩就用食品,把全院的很多小孩都钓在他家的栅栏窗户下。我哥哥他们就总在宝宝家窗下和他玩,吃光食物再散伙。后来,他妈妈发现了,一家家去告状,不许小孩子再去他们家窗户下骗吃的。那班小男孩简直气坏了:真是太可恶了!当妈妈怎能这么小气呢?宝宝需要我们,我们需要美食。这本来不是天下很圆满的事吗?

桂芝妈妈就比较好。那时候,我老去她家玩。他们家有四个小孩,桂芝老二。他们家好像总是爸爸妈妈下班才做饭,吃得晚,所以,我总吃饱就到他们家,就那么杵在人家饭桌旁,看他们大大小小稀里呼噜地吃。她妈妈经常说,小妹你吃过了吗?看上去要请我吃饭的。但是,他们家伙食真的太糟糕了。一点芋仔青菜咸菜,从不振奋人。还经常用酱油炒干饭冒充菜,用以配地瓜稀饭。不过,他们家人吃得很香。好多次,四个小孩,为了酱油炒饭的一点破锅巴,争抢打闹沸反盈天,那锅巴其实薄得像纸一样,巴掌大不到。就这样,还会把抢不到的人惹哭。到过年的时候,她妈妈会做姜糖、红糖豆子。我就能顺利分享到这个珍贵的过年美食。虽然姜糖有点辣,但是我能处理,嚼完一块糖,我会把舌头吐出来,手掌扇风,凉快一下,再接着吃。

我前年搬到一个新小区住,看见一个老人莫名亲切。我跟他笑,还主动搭讪,就是觉得仿佛熟悉了一百年。忽然有一天,我恍然大悟,天哪,他长得像我小时候天天来大院送牛奶的老大爷!那时的每天早上,他骑着宽大笨拙的自行车,后座两边各挂一个半圆形的大洋铁皮桶,两边的桶底下都带着炭火。掀开顶部的小半个铁皮盖子,桶内壁挂着一大一小两个洋铁皮量罐,一个四两,一个半斤。它们每次从桶里的牛奶中被提出来的时候,都滴挂着乳白芬芳的奶汁,然后,倾斜着被倒进买奶人自带的各色搪瓷杯里——那一个漫卷世界的醇香啊！我们这些小孩,会一直跟着送奶大爷的车子走,从前院到后院,从大门到城墙边。还帮着他吆喝:牛奶来啦！牛奶——！然后,一圈小脑袋,西瓜似的围拢在牛奶桶边,我们必须聚精会神、眼珠不错地看着老爷爷,盯着他把奶量罐子美好地提出奶桶,为大杯子美好地倒入牛奶,为小杯子美好地倒入牛奶。我们跟啊跟啊,围呀看呀,痴痴不倦,狗一样,一丝不让地捕捉嗅吸着空气中热牛奶的醇厚芳香。我从来没有想过,我妈妈有没有看到我挤在这个贪婪的送奶仪仗队里。我只知道,她就不给我们订牛奶喝。等我长大后明白,当时她和爸爸的工资收入,是整个单位最高的,很多小伙伴家庭的全家收入,只是他俩的四分之一,我的肺都气炸了:那你们为什么不怎么让我喝牛奶？为什么为什么为什么?!

我妈妈只是笑。

那抚今追昔的笑容,也真是不可思议。

一年才能过一次年。

一年才有一次胡吃海喝的狂欢。

三百六十多天的艰苦热望,你才能迎来区区三天、转瞬即逝的大好时光！

那个时候,每个小孩都会告诉你,熬到过年,实在太难了！那个时候,每年从大年初二开始,敏感的小孩就会黯然神伤。他们会默默沦陷在惜别的失落与忧伤里。多么希望时光就永驻在大年三十、正月初一。当"初一"那张红色的日历即将被撕落,敏感小孩的心里,开始堆积的惆怅会令他颓丧欲哭又无可言说;从初二开始,离别的感伤像一只啮齿小兽,啃噬着在饥饿中挣扎成长的神经。年,渐行渐远了,没了;鞭炮声黯淡了;阳光也在黯淡中;大人的脸也黯淡乏味了。满目惆怅,追天长叹,来年再见,还要一万年。

所以,平时呢,每个小孩都学会了自我开发好时光,无师自通谋福利。一个味蕾蓬勃、嗷嗷渴食,又不至于饿死的孩子,真的是世界上最生机勃勃的小宇宙。一切为了吃!吃!吃!什么能吃?怎么吃到?他小小的心里,海葵式的,触须万千、侦捕着天地间每一丝一缕的食品芳踪;感受力、想象力、观察力时时磨砺;判断力、智趣、胆略、勇气、缜密的谋划、开疆拓土、创造与激变,处处有余;还有,永不消失的、随时在文明与原始力量之间飞荡的野生激情。

我哥哥那班男孩比女孩更有开拓性。他们生猛无畏。左邻右舍、单身汉公共洗漱池或路过的人家门口,最好不要让他们看见牙杯里的牙膏正无人看顾。以前的牙膏皮是锡制的,他们会把牙膏狠狠挤掉,直接换了丁丁糖(小贩挑着卖的麦芽糖)。他们知道什么电缆废料里有紫铜,什么零件里有黄铜,卖给收破烂的(紫铜更值钱)。天知道,他们卖的是大院里的正料还是废料。院子里人家晾晒的墨鱼干,他们要么整只偷走,要么把墨鱼鱼头拽走,然后到城墙上烤着吃。他说,一烤就软了,墨鱼干非常香,好吃。他们还有人用长杆粘黏知了,烤着吃;据说也有男孩烤小鸟吃。更令人瞠目的是,有一个邮电大院外面的男孩,学龄前的小男孩,居然因地制宜,把他们整个陈氏家族后门的公共粪池的大便,偷偷地、不断地卖给了收粪人。女孩的谋食创意兽性感弱一些,但也是非凡的。

我有个小邻居,对朋友很大方。因为吃肉凭票,每家每户吃肉的时候不多。她呢,经常在玩耍中想起家里的肉,就急忙回家偷吃一下。最可贵的是,她总会偷含一块瘦肉,溜回到我们中间。然后,吐出瘦肉块,手撕着,一点一点分给围在她肉边的我们,像大鸟喂小鸟。没人考虑卫生问题,我们非常满足而敬重。

还有个小女孩,她爸爸妈妈平时会让她热点菜饭什么的,就是享有锅灶权的那种。有一天,她诡谲自得地说,她晒了很多冬瓜子,可以下锅炒了!她爸爸妈妈上班的时候,我们好几个都悄声站在她激动人心的厨房,看到她非常了不起地点起灶火、抄起锅铲。瓜子好像不太干,也不像西瓜子那么香。快好的时候,她往锅里洒了半碗盐水,刺啦一声,真是非常专业、澎湃人心。大家流着涎水,充满敬意而焦急地看着起锅。每个人都想象力核爆:原来冬瓜子也可以开发啊!(这简直和我哥把药店里的山楂片开发出来做零食有一比！我哥说,一毛钱的山楂片,可以吃好几天!)不过,冬瓜子炒好以后,大家品尝着面面相觑:像硬菜皮,好像没什么肉!

和我们大院厕所一土墙之隔的,是个老百姓家的后院,院里面有好多棵橘子树。这些橘子,每年比山楂还小的时候,就饱受我们觊觎。靠土墙这边的橘子,才刚刚长成形,不及由绿转黄,每次上厕所,就令我们百爪挠心。我们既想让它长到比去年甜一点大一点再偷,又担心别人先下了手。这是大家的共同愿景吧,又不好约定。所以,每到小橘子渐褪黑绿、日新月异的时候,我们连厕所都上不安心了。如厕,成了在一个精神崩溃边缘的重大行走。最终,和每年一样,手快的贪吃鬼,吃到了酸得倒牙的小橘子;手慢的混蛋,什么也吃不到。贼心炽烈,就必须爬上墙头,冒险扑摘靠里面长的橘子了。而你知道,在小孩眼里,陌生的大人都是不可理喻的——万一院子里的粪瓢砸过来怎么办呢？

有一天,有个小女孩跟她爸爸商谈,希望她爸爸能帮她偷到一个橘子。作为一个小孩,即使她被抱上墙头,她也摘不到靠院子里面的那些橘子。她爸同意了。这一大一小,选择中午大家午休的时间作案。大人毕竟是大人,一攀上墙头橘子马上就手到擒来,橘子抛回。但是,那个主谋——实在是个小作女,长大后不知在哪个男人那里作恶——突然失声大喊:快来人哪——有人偷橘子啦——

她爸爸当场跌下墙头。

附近宿舍里午休的大人们都被惊醒了。笑了。据说,那个丫头被爸爸饱以老拳。而我们这些小孩闻讯后,都不怎么笑:事情比我们想象的严峻,连大人都加入偷橘子的行列了!20多年后,我们这些长大的小混蛋,才呵呵哈哈开怀补笑。我们才明白,那个不忠不孝的小丫头,她的发散思维,给贫瘠的黑白岁月抹上了多么绚丽的奇光异彩。

记得我们家相册扉页上,有一张剪贴照,是个新疆小姑娘举着一串紫色葡萄的照片。不知道从什么时候开始,我对所有的小朋友说,这是我!当然谁也不信,葡萄女孩的美丽甜蜜,和我完全是风马牛不相及。更突出的是,她小手里举着的那串紫葡萄,我和我的小伙伴,"那辈子"压根就没有见过!我们只有圆圆小小、青青硬硬、基本很酸的南方葡萄。只有我自己知道,我是多么想和那样一串葡萄永远永远在一起啊。所以,家人似乎很尊重我的无耻梦想,每当我指鹿为马时,他们就和蔼包容地笑着。

我还有一个彪炳家史的劣迹。那时,隔一段时间,我们家会执行改善生活计划。饺子相对常见,在南方,这是了不起的美食追求了。偶尔爸爸妈妈和奶奶还会不自量力地尝试包包子。凭良心说,这三个祖籍分别为广东、福建、江苏的南方佬,从来都没有解决好"发面"问题。包子总是不如北方叔叔家包的松软胖大,有时就是徒有其名的半死面圆形物。

但是,有一天,他们包出了很好吃的包子——这一点,现在我也不是很明确,因为一个贪吃的小孩,肯定丧失了评委的客观性。他们大人自己是弹冠相庆:非常成功!我只记得,那一天,我在外面玩累了,或者就像那个回家偷肉块吃的小伙伴,玩了一半,突然惦记我们家的包子了。家里门锁了,爸妈在上班,奶奶不知去向。想吃包子的我,是从窗子爬进去的,吃了包子原路而退。等我疯够了回家,我的天哪,家里老的小的一片咆哮声:包子案发!真没想到我奶奶居然知道中午剩下几个包子,回家一数,立刻拿我哥哥咆哮问罪。我哥哥也回以咆哮,坚决不认账,我奶奶就摔锅打碗威逼怒骂。一老一小的激烈对峙,终于把我爸我妈拖下水,气急败坏揍了我哥一顿。我哥怒吼着要离家出走。这阵势太严重了,把我吓坏了。我已经不记得我的自首详情,只知道,三个大人,加上我哥我姐,没有一个人相信,全家老幺,一个小丫头片子,怎么能越窗而入、妙盗无痕。那个老房子的窗台确实很高,我大概是通过树木,还是窗边的什么登高物,才完成了这个飞檐走壁的偷吃壮举。这个案子,如果当事人不自首,大人将永远破不了案,而蒙冤者永远没有昭雪的机会。所以,千万不要低估一个贪吃小孩的爆发力。

粗通文墨以后,只要跟吃有关,我们都记得很牢。比如,秦桧怎么坏,模糊淡忘了,可是,秦桧变成油条了,我们就记得很牢:长大以后,天天吃一捆新出锅秦桧——精忠报国!

希腊故事里有个叫坦塔罗斯的人,因为惹毛了宙斯,被罚站在水面没下颌的水中,各色甜美的水果环绕其脸,但是,他什么也吃不到。一伸手,一伸舌,水流而逝,水果飘远——这个惩罚简直是太残酷,太惨无人道了!

不过,我现在不这么看了。我是在我女儿身上,看到了美食环绕、触手可得的无趣。她对美食基本没有贪欲。从物质生活角度来说,天天如过年的她,对很多事情都提不起什么激情。世界在她眼里,富饶而淡薄。我跟她说我们小时候对"吃"的狂迷,对美食失心疯的追逐,她哑然失笑,神情超脱。她不可能理解,日复一日,一个小身子,能为贪食而终日保持着激情燃烧的状态,始终不倦地裂变着、生发着探索、拼抢、坚忍、创意和勇气;更不可能理解,即使火山爆发,即使76年一见的哈雷彗星从我们头顶扫过,都未必能吸引我们离开餐桌美食,都未必能抗衡我们对一年一度春节——准确说,是春节美食,所爆发出的亢奋生命力。正是有这样一个"年"的好日子召唤我们,它像太阳一样,照耀着每一寸清苦贫瘠的岁月,抚慰着我们饥肠辘辘的童年,给我们的人生初级能量场以强力充电,它砥砺了我们越挫越勇的意志,铺垫了一代人生猛或贪婪、人性丰富或兽性蓬勃的食色人生。

所以,食色无忧,恐怕人生也真是无趣了。

后记

从没有想到,这一类文字会被结集出版。那些年,我为报纸的读者采写了许多普通人。因为这个项目,我长时间和各种各样的人面对面,几乎,他们每一位都对我敞开了心扉。他们自然地、本能地让我看到了阳光照耀在他们心房的金色时刻。这些人,大都是走进人流中就可能再也辨认不出的平常人,即使他们身带光环,我们也难以识别内里之差,但是,我认为他们呈现出的、他们所代表的正是那些——人皆有之的、人生必定拥有的卓越时刻。当然,他们的表述未必都客观无瑕,我也能感觉到他们在遣词择句时的微妙谨慎,有时甚至还能感到一些被访人下意识的粉饰努力,他们在寻求最恰当的、最合适的自我评述。无论其当时的行为还是想法,都可能是带着新的理解重新返回记忆的产物,带着更新的自我认识、自我辩护和自我超越,有人甚至孩子气般倔强。我从不损害这样的努力,我只是更加用心地倾听,倾听善的、有点善的、求善的多种表达。因为,我知道,不管怎样,这种重新进入生命的自我臧否,甚至自发带上个人史实性的郑重时,都一样会让我感到人心的强烈趋光性。我感觉到人心的暖和。

这样的聊天,往往会让我对世事人心,弥漫起疼惜、怜爱之感。有一次,访后归途,看看下班高峰期里的各色人等,我想,这些驳杂庸常甚至丑陋的身躯里,其实都有一颗趋光的心。正如它们痛过,或正在痛着,恨过,或正在挣扎着,你统统看不出来。所谓的善恶,不就是在主客观综合条件下,它的呈现与否?

当时我就想,这个工作的意义是什么呢?仅仅是掠美图吗?是荟萃美丽的人性魅影,给读者呈现一道暖阳普照,还是随缘成就了陈述者一个采撷自身美好光斑的小小机遇,让他们停留,重新整理一生的吉光片羽,为自己的美和温暖,为自己经历过的丰富与别致。我想,他们不需要感谢采访者的邀请与陪伴,但他们一定会感谢这个自我梳理羽毛的机缘,在回望中,感激人生的奇妙与自身的美好。他们可能会更有勇气,更加坚定,心里可能会溢出更多的对周遭的爱护与耐心。

我还想到了一层,是我给自己的礼物。因为这个平台,因为受访人的信任与敞开。他们的慷慨,让我有了最近距离观察人心的机会。这种面对面,不仅仅是距离,不仅仅是温度与深度,而且是一个灵魂相对赤裸的过程。要知道,不是每一颗心,都愿意给一个陌生人以素描的机会的。他们给了我。用了很大的耐心与包容,给我看了一道道的人心风景线。

写了这么多个他人,最后也上一个访问人自己吧。作为陪伴,也算以丑衬美,缓冲审美疲倦吧。

最后说明一句:和报载不同的是,出于我可能的多虑,我将这些人物基本都改用了化名。希望这本书出来,不会打扰到大家。

我总想,毕竟,卓越的暖时光,每个人都拥有吧。

须一瓜

2016 年 7 月 28 日

"小说家的散文"丛书

《我画苹果树》　　　　铁　凝　著

《雨霖霖》　　　　　　何士光　著

《高寿的乡村》　　　　阎连科　著

《看遍人生风景》　　　周大新　著

《大姐的婚事》　　　　刘庆邦　著

《我以虚妄为业》　　　鲁　敏　著

《在家者说》　　　　　史铁生　著

《枕黄记》　　　　　　林　白　著

《走神》　　　　　　　乔　叶　著

《别用假嗓子说话》　　徐则臣　著

《为语言招魂》　　　　韩少功　著

《梦与醉》　　　　　　梁晓声　著

《艺术的密码》　　　　残　雪　著

《重来》　　　　　　　刘醒龙　著

《游踪记》　　　　　　邱华栋　著

《李白自天而降》　　　张　炜　著

《推开众妙之门》　　　张　宇　著

《佛像前的沉吟》　　　二月河　著

《宽阔的台阶》　　　　刘心武　著

《永远的阿赫玛托娃》　叶兆言　著

《鸟与梦飞行》　　　　墨　白　著

《和云的亲密接触》　　南　丁　著

《我的后悔录》　　　　陈希我　著

《打败时间的不只是苹果》须一瓜　著

《山上的鱼》　　　　　王祥夫　著

(以出版先后排序)